沉舟記

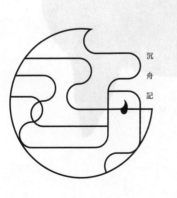

劍旗魚 / Xiphias gladius
翻車魨 / Mola mola

庫達海馬／ Hippocampus kuda

簾箕魚 ／ Sinogastromyzon puliensis

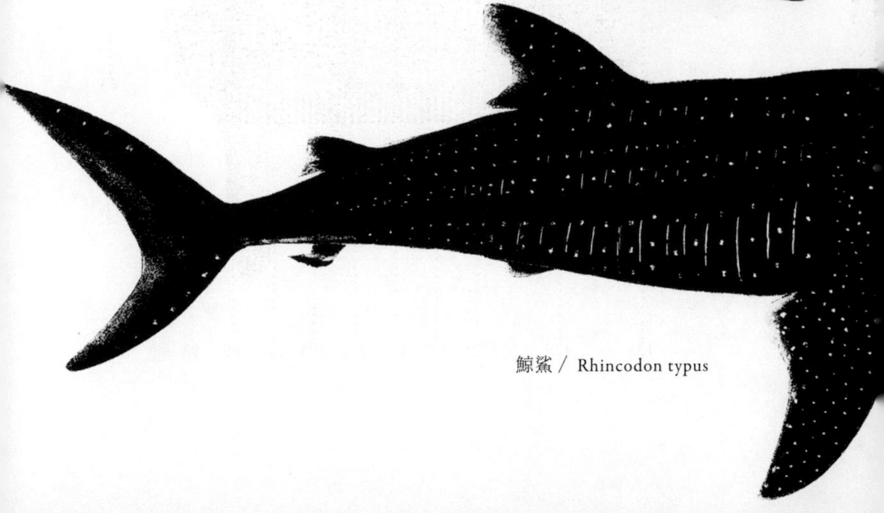

鯨鯊／ Rhincodon typus

目錄

讓土地上拆毀的，在紙上重建。
讓自然中滅絕的，在筆下復育。
讓生活中磨滅的，在文字中想念。

消失的腳步

早在1962年，瑞秋．卡森（Rachel Carson）寫下《寧靜的春天》一書，預告殺蟲劑濫用所造成的生態浩劫，引起世人對環境保護的重視。至今，儘管環保聲浪不退，環境仍逐年大幅變化。例如蜜蜂數量的減少，專家研究以蒼蠅代替採蜜。甚至科學家評估再過30年，海洋中恐怕再也沒有野生魚類。

儘管有歷歷的證明，環境變化的腳步似乎永遠慢不下來。我們不禁想像，是否有一天記載著各式各樣物種名字的字典，會成為一則則標本、訃聞或傳說？

不只是環境，由於科技大量介入生活，各類技藝/工藝、情感、人際交流模式等都已急速更迭。對於曾投身於守護行列的人，或許都曾經歷過各種無奈。

所幸，我們手中仍有一枝筆，總還能將消逝的身影書寫下來。

藏在文字裡的祕密

中國文字由圖像而生，每一個字都封裝著豐富的訊息，讓我們得以回溯最初與自然共生的生活樣貌。特別是諸多部首皆為自然物，如從艸部的「藥」，從竹部的「籃」，從木部的「桌」等，儘管大多已用加工材質代替或形式轉變，仍可讓我們從字形中想像昔日生活與自然的密切關聯。

因此，希望能藉眾人的筆，採集不同的生命經驗，回想已經消失/即將消逝/意義上質變的物件、技藝、情感、生活習慣……等所代表的字，也許是流傳在民間的習俗，或者日漸被取代的技法，用詩加以記錄。喚回美好而即將消逝的經驗，不論是好久沒吃上的一頓團圓飯，還是單純對身體的感受，尋找一個對應的文字，寫成詩句記錄下來，將珍貴的回憶，依部首編列成字典形式的詩集。

筆尖下的寧靜革命

《沉舟記——消逝的字典》邀請老、中、青三代百餘位詩人，以現代詩喚回即將消逝或已消逝的事物或生命經驗，藉時間的跨度對比世代差異。也邀請跨界創作者、不同語言使用者創作，拓寬這島嶼的消逝體察。最後，將這些珍貴的回憶，依部首編列成字典形式的詩集。

2017年起，開放向民眾徵稿，收錄29人投稿作品。全部稿件集結成冊後，由南方家園出版社出版。我們也期待這場筆尖革命也將藉由展覽、活動等形式，從紙上躍出，成為不同形式的展演，走進全民的生活中，觸動更深的觀察與對話。

《沉舟記——消逝的字典》希望能藉此記錄我們一同在島上走過的世代，讓土地上拆毀的，在紙上重建；讓自然中滅絕的，在筆下復育；讓生活中磨滅的，在文字中想念。

但我們終究不得不沉舟時

編者序

成書期間漸養成晨起翻書，而後收信，接著寫信給詩人們的習慣。這段一年多的日子，每當有人問起我正在忙什麼，常不知該如何回答。比起忙，實則不忙，但每天撥些時間處理詩稿，已成為固定儀式。

《沉舟記——消逝的字典》是一本以字典為形式的詩集。之所以採取字典的形式，是為了讓觀看時，能夠更回到文字本身所述說的故事。

每一個被寫下的文字，都是星球上留下的足跡，標示著個人／集體的生活習慣、想法、文化與價值觀。而環境變遷是當代最重要的議題，當人們發現越來越多海洋生物死於人造垃圾，停用塑膠吸管的聲浪逐漸發酵，成為指標性的推行活動之一，然而維護環境的腳步卻遠遠比不上破壞的速度，那麼，身處在環境變化劇烈的我們，面對科技的滲透、網路的過度依賴，又會有著什麼樣不自覺的改變？

儘管深知要阻擋任何一個以「進步」為名所帶動的改變，猶如螳臂擋車，但我們仍希望能藉由手中的筆，記錄。

由於邀稿對象眾多，自2016年9月起，開始進行第一次邀稿，共分為四個階段。2017年初，與媒體合作刊登訊息，開放投稿，讓有志參與撰寫的寫作者能主動加入。全數詩稿於2017年8月，按部首編列完成，共計有158位作者參與，收錄917首詩作。未被撰寫到的部首，則在部首索引中標示為灰色，以供讀者查閱。

這些詩稿，多半在深夜時抵達我的電子信箱，有時是在清晨，想是某些習慣夜寫的詩人睡前才寄出。它們反映了詩人眼前的風景、桌邊的物品、身邊的人事、身處的時代，或詩人由字形本身的拆解（猶如拆解時鐘的頑童）衍生出更多的語境。收到信時，總忍不住想像詩人當時思索到什麼？如何挑選這些字？

而遇到重複被創作的字，或字與字之間有著近親般相屬性的詩，好似魔術方塊般翻轉而又翻轉，讓詩人共同生活的世代又更加具體被投射出來。這時刻，作為編者能夠近距離觀察其中的異同，深感幸運。

參與編纂的作者年齡層橫跨近半世紀，他們彷彿不同年齡的分身，用當下的眼光解析社會、環境。在許多的相異當中，悄悄顯露出相同。

另外，我們也在籌劃過程中（2016年9月至2017年10月）關注社會變化，由作家、資深編者丁名慶挑選六位在此期間逝世之名人記錄於字典中，並委請律師洪淳琦以「家」為題，記錄於此期間內通過的婚姻平權法案及還在爭取的「原住民族土地或部落範圍土地劃設辦法」。在黃梓倫先生的建議下，挑選台灣沿海具代表性瀕危與易危魚種，陳列於書中。期望能透過多元的記錄方式，反映出當代風景的不同面貌。而書中為尊重作者用字本意，歧異的用字維持作者用法，亦能照見文字使用在長久的演變下，產生的意趣及豐富的歷史性。

除此之外，更持續和藝術家陳哲偉進行對話，希望能藉此提醒自己聽見刻意被消逝化的聲音。陳哲偉於2017年初起，多次前往臺北榮民總醫院玉里分院，與長期住院之學員進行工作坊，透過繪畫與影像紀錄重現個人生命「被消失」的過程。並於同年度三月分在臺北市立美術館首度發表「時光之舟」，十月分在台北當代藝術館再度發表同名創作，加入更多延續紀錄與發展，作為與《沉舟記——消逝的字典》相呼應之錄像作品。

還記得與作者簡靖航於汀州路攔車話別時，他提到從物理的概念來說，人從出生到死亡的過程不斷在經歷改變，身體的每一個部分都會消逝，被新的物質取代。也就是說，直到成年甚至死亡時，已經不再是同一個人，徹頭徹尾被更新了，但又不全然如此。而正是因為這樣的更新，才造就一個完整的人。三天後，他搭上飛機，前往法國從事為期半年的研究，並且繼續讀著關於物理的種種並將其轉化成詩。

但我們終究不是為了對抗永恆的消逝（或稱之為變化），而是為了記錄。也由於這樣的記錄工作，更加深刻感知到變化的存在，並且生發珍惜之情。

為此，我們情願沉舟，沉到深深海底打撈被遺忘或刻意抹去的聲音，而後抱著破釜沉舟的覺悟，繼續前行。

感謝每一位慷慨給予的詩人、作者、夥伴、編輯前輩們，使得這段航行有了沿途美景。

祝　航行愉快

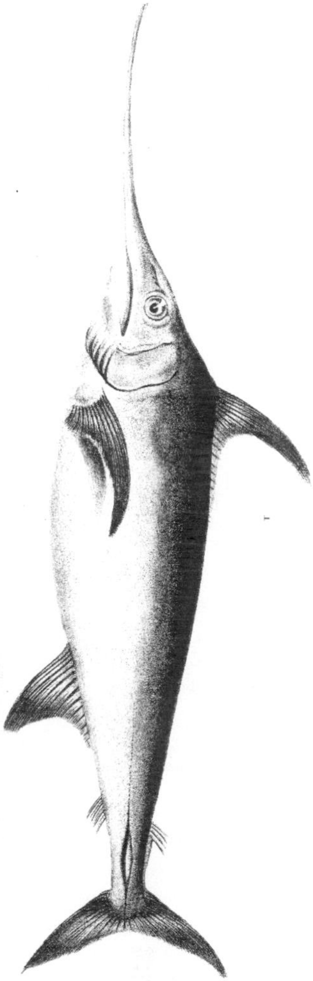

Xiphias gladius / 劍旗魚

筆畫一

一 丨 丶 丿

乙 亅

一畫

一

真理不再唯一
愛情不再唯一
靈魂不再唯一
的年代，感謝
「限量一千！」

林世仁

二畫

七

休日之後，世界更不可信了
假想的戰爭攤開
並真實地拉弓
休日之後，你搓動爐石
且幸運地虛構了

王離

三畫

三

遺留在那裡的
我們的夏季大三角
經過了冬天以後
也不等邊了

溶

四畫

不

「不」有三種念法
有時二聲，有時四聲
最艱難的是
那種無法發出聲音的「 」

廖宏霖

四畫

中

白日棄逐黎明
黑夜拒絕黃昏
光與暗的對決正烈——
那還未遷徙的
是哪方的中間子民？

林世仁

遺產該怎麼分？
公不公平
偏不偏心
人生最難寫的是
最後一筆

嘉勵・賈文卿

歐陽修所寫的賣油老翁即時新聞：
「取一葫蘆置於地，
以錢覆其口，徐以杓酌油瀝之，
自錢孔入，而錢不濕……」
無他，惟太閒爾。

陳令洋

五畫

主

總以為自己是王上頭的一點精粹
沒看清自己是土上頭的一顆彈珠
踮腳踩著一方薄板
平等時能有餘裕閃亮
失衡時就會滾進虛無

臥斧

三畫

乞

世界大得讓我驚嚇，足以裝下整群人
在我們擁擠的住處當我們
口出穢言，勒索與商借
身體已被文雅的生活所掩蓋
相信曾有段我們最親密的時光

羅毓嘉

十三畫

亂

他們在不該來的時候來了

瞇

筆畫二

二 亠 人 儿
入 八 冂 冖
冫 几 凵 刀
力 勹 匕 匚
匸 十 卜 卩
厂 厶 又

井

爺爺說失意時便望向它
於是我便有了一滴永恆的淚水
媽媽說快樂時便湧向它
於是我便成為另一個孩子
童年的藍眼睛

徐國能

乾旱的季節裡
偶爾也想起誰
掉了眼淚
離開暴雨的城市
一路鑿洞

林禹瑄

一口浮晃的星座盤
在夜的地坪
遺失了：
籃球皮製成的打水桶
往來挑飲　圍聚洗滌的攀講聲

*攀講：馬祖話，聊天的意思。

湘羽

黑色的口
渴了一世紀
龜裂的唇有影子爬過
每天感受滾燙的光射到最裡面
癡癡等待下一次雨的深喉嚨

陳昭淵

井

吃丼飯的時候他們井在一起
喝井水的時候他們丼在一起
#丼越來越多但井越來越少。
#昨晚我又被壞人陷阱了一次。

葉覓覓

亮

比黑洞蟄伏的星象
含氧含血富含有害身心健康的掛念
數據是串通好的共犯
沒有人知道太陽是怎麼死的

陳少

人

路口粗聲粗氣帶走方向，
人潮撿起身體八方散去，
像愛，散去。
微風改動句子，
想成為更好的樣子。

李進文

再怎麼累，也得把兩隻腳站穩
我是我自己的主人；
我，不必聽誰指揮；該走出的時候，
就大步邁開，如果我把兩隻手平伸
你知道吧！我就不再渺小。

林煥彰

人

「你是否懷念家鄉？」
問句從融雪傳出
「死亡是世界最終的寓所。」我回答
因而我是
無家可歸之人

煮雪的人

我們不是活著
只是還沒死去
死者有死者的天堂
活著有活著的地獄

阿布

有些人倒下只是為了
被重新目睹成
一個
人
的樣子

廖宏霖

我們離開園子。
公義——
聖別——
救贖——
我們歸回園子。

eL

人

天空下起人來
救護員向他們拋救生圈
然後逃離現場

袁兆昌

仇

向我擲來惡意的神，我將以詩，記仇。

姚時晴

六畫

休

給我一棵虛無的樹
在它被金斧伐倒之前
我要倚靠著它，像石佛
苔印歲月，慰藉另一些
已木然於工作的偶人

吳岱穎

七畫

你

無法接受其他

游善鈞

你

死不是生的對極
你才是

孫得欽

我喜歡你的原因
正巧也是我喜歡自己的原因
乘著排列的記憶
往反方向等速率駛離
多年後你我長了年紀

張容慈

例

人人皆在一行列之中
向前，向不存在的核心
蹣跚而行。人人皆疲累
除了寫詩，我找不到
脫離隊伍的藉口

吳岱穎

來

我走近你
走近你
希望可以走進你
用你的視角
看一個人遠遠走過來

湖南蟲

侍

終究是孤獨的自我完成
眼成穿，向著人世的等待未果
骨化石，盼來了一己身心相連
長日將盡，詩心月明
喔……原來我也在這裡！

吳品瑜

信

人言
可畏

吳修和

每日打開最沉的箱子，反覆拋擲
空洞且堅硬的身體
發出回聲：
曾經以為最難
也不過無話可說

林禹瑄

彷彿季節與季節，徘徊不去的聲息
不斷叩問遠方，隨時光附贈的
心，是否安然抵達，陽臺的綠樹
桌旁的薔薇，枕邊沉睡的貓，想像的
音符，是否依舊迴盪，在背離的城市

曾湘綾

信

筆在心口蘸墨
翻江倒海的思緒在紙上暈開流淌
摺好，密封，手中溫度不能流失
記得，你拆開時當心點
別被潯濕燙傷

周子西

俠

是怎樣的年代
讓眾生寧可殷殷企盼
一柄利劍　一罈濁酒
伴著一個孤絕的人
從傳說中再臨

龍彥儒

沒有了悲劇的我們只是凡人
只有細小繁瑣的愛恨嗔癡
日復一日
用最渺小的幻想
抵禦有限的命運

陳子雅

眾加一人成俠，而此一人何在？
漢字中的漢子早已逃逸
漭然犬突在水草夾殺之地。
一聲霹靂改寫他的全部過去，
一火燎原裡他們小小托舉了白日。

廖偉棠

俠

灑落一地的桃花是他的情書
入夜，卻被雪蓋了
月光捧出一顆頭顱
凝視黑暗中那柄斷劍

陳義芝

們

開门
入內
禁囚著的
是肉

林劭璠

偶

收線時縫進
幾顆棉花月亮
幾片棉花大海
幾朵棉花飽嗝
與生硬的笑

侯馨婷

假

有些人寫出了厲害的詩
而有磨練的痕跡
我也已經可以接受
一朵花
和一座樓的美

曾翎龍

假

光輝的十月
以許多連假聞名
開開心心的放假是童年回憶
現在也只能回憶

許赫

傘

晴天：七折
陰天：九折
雨天：原價

曾琮琇

有人發明了另一種工具：
可以全然阻隔雨滴
可以不必擔心風向
可以避免身體接觸——
希望那一天延後來臨。

孫維民

有時為了光
有時因為雨
有時撐一座城
有時撐一個人

李時雍

傘

十字架上的
才能上天堂
一個大人
四個
小人

陳柏伶

傩

唯有苦难的人，才会为鸟献祭
感恩那些翅膀衔来种子并捎走长夜
已经羞于身体发肤，就让面具笼罩
耻于匍匐，于是从灰尘中站起
用只有自己懂得的舞姿，独白于此世

野夫

十三畫

傷

選擇以較慢的方式復元
那些悠滋滋的弦樂最適合縫合傷口
我忌諱慣用的手段
那裏躺着一個未熟的孩子
人生尚未曾被一把刀雕刻過

米米

十五畫

價

在好吃的好穿的好用的東西上
貼上標籤
在看得見看不見的物品中
估量數目
再把生命剪成算盤的珠子　兌換

許銘軒

六畫

光

是從很遠的地方來的
一道光擊穿花心
隱隱燃燒的聲音
花的雨落在土裡
華麗的墳塚，給螻蟻

游書珣

光子和聲子一樣喜歡群居
但沒有靜止質量的光子
總是以光速在宇宙中旅行
或許這世界每個有光的角落
都不應該孤獨

簡靖航

我們被翅膀醫治
深入我們內部
那些光線，那些飛翔

eL

在眾神棄守街燈後
我再也沒有剩餘的愛照亮一切
但，至少足夠替妳點菸

蔣昀修

四畫

公

那包容一切的黑沉大瓮永遠消失了
垂下兩撇八字髯，訂立正義那老神祇
其告別一無聲響。是誰
投一顆石子入水，便有了
七嘴八舌的互聯網，無限之一已正義

鄧小樺

九畫

冠

成為贏家，是商業雜誌的暢銷議題
忘了被領導的人，才是買雜誌的人
當時盡信雜誌，夢想自我投射
後來筆下盡寫贏家
想念當時還相信有未來的弱冠之前

陳英哲

十畫

冢

離開了愛人
悲歡都成了傷
在鮮花凋謝之前
平和的結痂

劉哲廷

十六畫

冪

看似嬌小卻高人一等站在肩頭
能夠召喚無數個我與我與我
在多項式裡真正主宰著一切

鄭旭峰

冬

冬天在不是冬天的時候來了

謎

小水鴨單腳佇立，淡水河被站得又
荒涼又寬廣。

劉克襄

上穤是舊年彼陣，雨一直淋
車攏袂發，人用行嘛緊緊入城
樓厝跖高，鋼骨生肉
軁過承恩門，新來的物仔攏是漚色

*冬：冬季；年
上穤：最糟糕
舊年彼陣：去年那陣子
車攏袂發：車子都無法發動
嘛：也
跖：爬、攀登
軁：穿
物仔：東西
漚色：灰暗的顏色

熊一蘋

冬

這冬天再也不需要任何可燃物
我需要緩慢一點的氧化反應
所有你曾經去過的地球表面
悄悄地
大規模地生鏽

柯嘉智

冰

南極的冰
北極的冰
不斷地融化
只剩下白熊冷硬的屍體
存放在冰天雪地的的冰庫裡

黃智溶

買一支冰棒
不要去在意熱量
以為凍結了過往
未來已蒸發

張容慈

後來就不願意堅硬了。
造幾座柔軟的島
將愛人都困在裡面
聽他們談論末日
祝他們幸福快樂

林禹瑄

七畫

冷

那座城市情人分手如雨落
冰冷潮濕的霪雨十三月
將自己衰朽險惡的壞心腸
註冊成為文化遺產
當街自焚取暖

蔣昀修

五畫

出

一山還有一山高

陳柏伶

二畫

刀

江湖鑽動。用來紀念時間的一體兩面
切和剁。陡峭中各自解答
沿著發音啟齒的暴虐過隙
在馴服邊緣願成為轉世穿引

許水富

三畫

刃

細細不斷打磨，看上去有些偏執
越鋒利越脆弱且越脆弱就越執拗
妳看這雪白筆直均勻的刃角
妳問有什麼食材需要這樣鋒利的刀
不需要，我說。但其實我連妳也不
需要

波波大叔

別

說了別放在心上
到底是
別著，好好放在心上
還是告別後
想辦法忘記？

湖南蟲

妳留下的罌粟花蕊
逐漸鏽成一則淡粉的抽象寓言
全世界的悲傷電影結尾
都能在天使的肋骨上安心入睡

蔣昀修

二畫

力

屋裡打字機窗外人力車人類揮汗揮汗
走過時代好讓子孫日後不費吹灰之力
一個按鍵改變世界

彤雅立

還小的時候，跑得慢
連體育課賽跑，總是落後也不以為意
當年流行慢跑有益健康
才幾步就落後，沒了力氣、意興闌珊
我成為大隊接力，一棒只是不得不的

陳英哲

十一畫

動

書架間哭喊的父親
是起始
也是絕唱

王離

不能理解的峭壁
正安靜地和我們對坐
直到沙子像海濤一樣翻動
我們方知道
岩石的痛楚和浩瀚

米米

五畫

匆

你衝進她身體
擠出她靈魂
你拾起她身體
放入口袋裡
今天不是兒童節

木焱

匆匆車匆匆
匆匆匆人匆匆
雨匆匆匆
你們有沒有慶祝
過清明節

木焱

四畫

化

你忘了嗎
你可以掩上被單就潛入地心
你可以步入梗間就化身巨人
你可以攀著絲線就在空中飛舞
別忘了這些，別忘了那個男孩

林峰毅

五畫

北

我們背對背擁抱
直到
南方天空
雪花盛開
我們背對背擁抱

嘉勵．賈文卿

同床異夢只是傳說
男人和女人背對著背
各自航向夢的彼岸
夜的沉默令分離的決心巨大無比
卻忘了地球是圓的

可洛

六畫

匠

匣子裡裝的東西是扎扎實實
投注一生的技藝重量遠比你想像得重
以至於這些擔子漸漸少人扛起
像一派沒落的武林神話——那些大俠
再也尋不著誰能鑄一把絕世好劍了

吳修和

二畫

卜

進退明暗之間
捨了向光飛翔
受困於口耳相傳
任自己於平衡木上
向左右墜落

靈歌

直是未至的吉
點是猝然的凶，在你
和我相視之間
也無須多言
就概括了所有的流年

楚影

二畫

ㄙ

每個鬼都抱著一個三角鐵
世上的老么，都由它構成
在八字鬍下，最感虛無
回到稻禾右邊，那是絕難
與人分享的寶物

唐捐

四畫

友

那不發一語的
烈火，羅織內心
相互的凝視
又豈止，炯炯有神

張懿

口土士

夂夕大

子宀寸

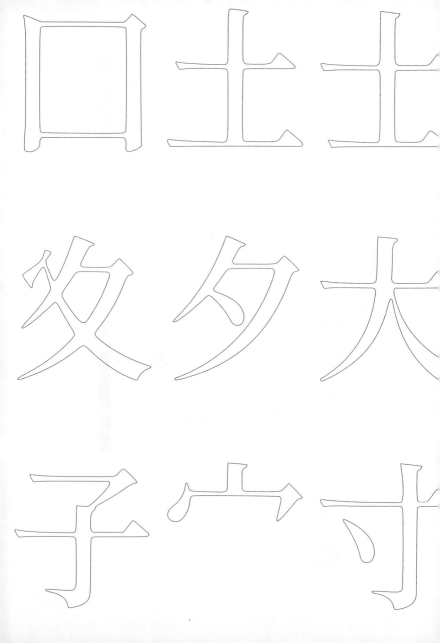

筆畫三

小尢尸屮

山巛工己

巾干幺广

廴廾弋弓

彐彡彳

三畫

口

脣與脣
望著我
凝結凍傷的甘露
用昨晚呻吟
辯證成愛

紫鵑

五畫

只

僅顯示電腦螢幕
（Win 鍵 +P）

陳柏伶

史

古代秘儀的守護者
熟知山川的來歷　與神明交
於廟堂之上　辯言鑿鑿
痛陳君王將相之腐　以合於真
而終沒於荒草

張心柔

名

從夕與口，象形，夕日之間呼之以口
像人們說的逢魔時間，狼狗時間
彼此認出了對方
在昏黃黯淡無以辨識的洪荒裡
太初有道，我們交換了花語和名字

祁立峰

名

陳少

文明和年歲是誰先老了
山終於是山，海終於是海
和這片雲一樣，和那陣風一樣
擁有母親當初以脈搏
在子宮內揉揉你的那種感覺

同

崔舜華

不知從何地伸出
一把頎頎然的手臂
環繞大雨之後
河床上棄守的
一塊石

吖

几个太学生从锅里站起来：
再也看不到日全食了
再也不会有奥林匹克
先生，这大概就是你的茶叶蛋

罗万象

吐

不喜歡老闆／
中午不知道要吃什麼／
好想回家想睡覺／
我愛你或是不愛／
，咪吐。

小邊

呆

這就是我說的那棵樹
這附近最後的一棵
看到嗎？樹上的鳥巢
雛鳥的叫聲止住
推土機又來了

可洛

君きみ

日光射進有簷的廊下
正好切開你的臉
一半的你是花蜜與露水
另一半的你是風

劉羽軒

含

你將哪些話藏在口裡
是否還隱著怎樣的祕密
都不重要了。
你　是美好的祝福
是我念過　最繾綣纏綿的名字

洪順容

吻

像滯留的迷鳥
輕啄彼此的額頭
那裡是我們
依然乾爽而且性感的
甜蜜點

柯嘉智

吻

那麼近的距離
其實也看不清彼此
這種時候
就可以把眼睛閉上

洪肇聲

吾

再也找不到那樣稀疏的出口
平易地把心掏出，把話說完
世界打開了越多門窗
有些東西就越來越少

吾土

味

總是回到童年那一個早晨
夢中傳來母親熬粥的米香
雞啼第三聲你才甘願醒來
老灶的柴火熬著歲月的湯

楊渡

自遠古傳承而來的紀錄
從兒時沉澱織羅的回憶
有人拆解思索未來分子
有人考古尋覓古來工序
而我為妳編織味道，希望妳耽溺在
這裡

波波大叔

命

是神給的
父母給的
都不重要了
在愛了人之後
就不是自己的

洪肇聲

每一句緘默
都是你最華麗的髒話

陳子雅

品

同步顯示
（Win11版）

陳柏伶

咹

观众全都去睡午觉了
我还以为自己是熊猫呢
我否定了除了自身以外的一切
但我并不存在

罗万象

哀

話已經說得太多了，親愛的
讓我們攀爬上月光結網後
在陰鬱的角落
狠狠下墜
像是昨日一樣的愛情

陳子雅

唉

昆仑山那么远我都看见了
还找回了丢失的钱包
但谁能想到你没穿袜子
你这是要去发明什么你捂着心口？

罗万象

哭

每次悲傷流過
我都好快樂
就像世界很好，活人不少
死的也多，就像雨
不是只為一個人下

孫得欽

狗子庫洛死忒个那一日
俚坐在屋唇
目珠一大一細
在落水

*客語／四縣腔

張英珉

啊

身體裡板塊推擠，神經跳躍
巨大驚嚇面前
觸動的樂句響起
文字全都揉進心室微弱的振動

王榆鈞

万物还在滚来滚去呢
我一开口大家就都不说话了
搞不好这也是一个秘密
皇上也揣着象牙，在他怀里

罗万象

問

也問自己：相較於山
為什麼更喜歡海？
因為海寬闊、不可知
因為海，用它的永恆
懷抱著許多生命，短暫的一瞬

林婉瑜

唵

地铁里五行全他妈乱了
马可波罗也是这样写的：
我刚刚认识了几个字
我没办法不喜欢这样的屁股

罗万象

啵

草葉尖尖醞釀整晚的甜蜜
那被你歸類為夢
魚則吞吐：這是生活
等一陣風來如同朝起瞬間
就要點滴兌現

大浪

喫

有人喫出荊棘與蒺藜
有人喫進魚和餅

喝

可喝的磐石
與我們同行
這是水的故事
一種內在，流入
更深的內在

eL

十三畫

嗅

我瘦了且減掉一個人
於我生活的重量
但可以再輕再輕
那些沒能卸下、依附我身的
你的氣味——如何也瘦不掉的

波戈拉

嗨

你說嗨
害我
失足於你的海中
回頭後
岸已不是岸

小邊

我不能愛你了
不是因為愛的關係
也不是不愛
我只是想離開
再回來：

曾翊龍

噓

漫長賽季加總起來的垃圾時間
每一個別過頭的剎那
讓我輝煌的熱臉
把你冷掉的屁股發揚光大

柯嘉智

噓　那是我偷玩的一款遊戲
在心裡　唸著你的名
甚至不敢寫在日記裡
噓　偷偷告訴你
規則是　全心全意

AnnieRuo

十六畫

噩

買宅買不了鄰居
偷信偷窺偷人或偷夢
上上下下左左右右　abab
壞鄰居讓您魂抖落
好鄰居讓您任天堂

嘉勵・賈文卿

十八畫

嚮

陳映真，1937年生，本名永善，筆名為亡兄之名。小說寫作充滿社會主義理想與現實關懷，並創辦臺灣報導文學重要先驅的《人間》雜誌。終生堅持中國統一主張。2016年11月病逝北京。

丁名慶

二十四畫

囍

男人和他的親戚都說
上面的口要聽話
下面也是
喜和喜說
我們牽手並沒有錯

嘉勵・賈文卿

三畫

口

有如科幻電影的神奇畫面
我們進入一個金屬箱子
然後被傳送到我們想去的空間
科技越來越進步，有一天
我們將被電梯傳送到記憶中的時空

李清志

四

沒有容許棲身的樓層和身分
考到第四名就傻傻微笑
在你的心裡盤據一尾無影的蛇
暗地穿越多少低谷而疼痛出血清
瘟神啊，也是神

陳少

夢見阿公回來了
大家不知道的是
阿公的時間，只夠四杯水蒸發
阿公說『只要你誠實』
醒來立刻哭了出來

賀婕

您要的窗簾在籠美

陳柏伶

囚

在舞臺上裸體是前衛
在畫框裡裸體是藝術
在床笫間裸體是凹凸
請勿將頭手伸出窗外
在規矩外裸體是不規矩

嘉勵・賈文卿

回

那地方
要離得夠遠
才顯得夠小

陳柏伶

漩渦漩渦
漩進去才發現
不是伊藤潤二
是愛
上一個不回家的人

嘉勵・賈文卿

如果我們退到深處
我們就有一層保護

eL

囡

我重責任我無愛你
思考人生我無愛你
環遊世界我無愛你
自我完成我無愛你
我是囡仔我無愛你

鄭順聰

困

願你閉目輕擁
替代這無期的逡巡；願你不忍
直視生命
生命原是瓶般的絕境
死意的培養皿

波戈拉

圈

拯救溺水底詞
它沉默了整整一個世紀
五四作家都那麼寫
沒人敢說它不對而它
沉到海底無法辨認

袁兆昌

十二畫

圍

天后廟內香煙安靜飄繞——
柴枝猶斜躺竹籃內，舊毛巾滴著水。
造陸之地混聲合唱：三合會亮刀殺捶
牆磚。打醮。一綹愛自姜毅理髮落下
升起的競選海盜旗，打劫午後陽光

陳昱文

十三畫

圓

年輪上的你刻畫著歲月的痕跡
水面上的漣漪用你的輪廓朝外散去
同樣的心與頻率看似公平
但多少人花了一輩子的時間
圓不了同一個夢

鄭旭峰

十四畫

圖

這是隧道口，待會兒就進入隧道了！

陳柏伶

六畫

圳

我撲通一聲，跳進瑠公圳底漫游
從溫州街口闌尾似的支流
闖進台北記憶的斷腸
綠膽汁似的伏流消化了城市的脂肪——
你我不經意遺洩的慾望

羅浩原

堡

因下一場砲戰與登陸
構築及密布
怒潮澎湃依舊
親愛精誠風化飄走

湘羽

堤

我其實從未見過滿溢
但仍要做好準備
海的界線以內
農田怕水

洪肇聲

塔

財團建造巴別塔
用自大和傲慢堆砌
佔據了城市的天空線
內心的驕傲與沾沾自喜
終將成為吞噬巨塔的酷斯拉（Godzilla）

李清志

讀佛啊，離開
顱骨撐開宇宙
咳嗽咳嗽咳嗽
葉落，土止痕

曹疏影

我們以巍峨
做為謳歌自然的獻禮
卻始終弄不清
立基之地
是巴別　抑或菩提？

龍彥儒

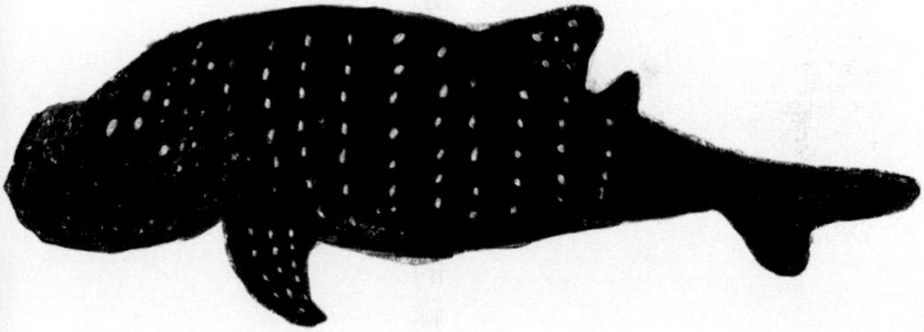

十畫

夏

夏天在不是夏天的時候來了

瞇

竹雞安靜了，低海拔的綠色深了。

劉克襄

八畫

夜

空氣愈來愈黑
幸好有月亮
掛在頭上
一個你
掛在心裡

陸穎魚

1秒
1分
每分每秒
建構著這個夜
晚上就會亮起金星

木焱

夢

黑色鬱金香
開了
貓在裡面等我

我進不去

陳育虹

有聲音，在鼓躁
那是一千隻失眠的
螢，在暗夜的草原邊境
滑行，嬉戲，追逐
試圖點燃　熄滅的太陽

曾湘綾

我走著走著
越走越慢
以為走到沙漠　沼澤
低頭才發現
地上　滿是雞蛋

張繼琳

醒後
一條好漢
誰知夢裡
肝腸
寸斷

曾琮琇

夢

在彩色電視點亮前，夢是黑白的
在網路爆炸後，夢是破碎的
闔眼後我們失去純真
卻又希望自己不會甦醒
帶著淚痕，向意識深處拔腿狂奔

闔士麒

每天都要打包一些想像
孕成一顆顆種子
植在很容易消失的夕陽
把明天刻上眼睛，抽高
旭日時，一併抽高新芽

吾土

三畫

大

都市小套房蝸居
永不放棄與
經濟獨立
偶爾會懷疑
安身立命的真理

張容慈

四畫

天

再高的蜂蜜
也被蜂房索爱
你编织更多的蜜蜂
嗡嗡满足
天上的甜言蜜语

陈伟哲

失

付了傘錢，忘了拿
拿了傘，忘了撐開
撐傘出去，忘了把傘
撐回來。取回傘
用自己交換

曾琮琇

央

中也，人在門內正居其中
夜未央樂未央
只要還沒有超過一半
一半的快樂，一半的愛，記憶，痛
與沸點
那一切就還來得及

祁立峰

三畫

女

一個可以有很多功能的字，
和不同東西加在一起會有不同功能，
比如奶、媽、婦。
這些我和孩子都能理解，不用解釋。
但要怎麼和他們解釋奸、奴、姦？

林蔚昀

六畫

好

女子
外看薛寶釵
內屬林黛玉
好
總不盡人意

AnnieRuo

妖

論秒無論分的生命
我活踮社會版新聞
一个查埔百个查某
男男女女分分秒秒
結趼麻痺死甲無尾

鄭順聰

妓

纖纖素手　曾經是你
猶抱琵琶　向哪個多情的公子
秦淮河上歌聲談笑不絕　知書達禮
又善解人意　喔　不復返的詩人時代
一併埋葬了你的衣裙

張心柔

八畫

姆

牽手領她走來
哭聲伴隨笑語
兩個女人
彼此交換了青春

韮蒂

始

女神在臺面上
打開
剛剛長出來的故事
時間露出柔嫩
最初的

沈眠

姦

史湘雲的瀟灑
林黛玉的情愁
妙玉的孤寒
睡在一張床上三張不同櫻桃小口兒
不知吐出了多少酸的甜的苦的櫻桃

管管

「別讓那女人踩在我頭上」
「別讓那女人踩在我頭上」
噓！
我在等待我的
三十二鞭轉

嘉勵・賈文卿

她提起你的陰莖寫字
想寫掉沾黏於口喉中的洨味
越寫越握越緊越縮越窒息直到喉頭
掛在繩子上
從此失去嗅覺

田品回

婚

餐桌撐起早餐
螞蟻搬走砂糖
我和治療師交往
從此身體健康
不當藝術家

賀婕

婚

大人指點
我的肚貼上你的腹
不容置喙的人道互助
童終將養成媳

田品回

婦

到了中年
很多字都忘記怎麼書寫
肩負著一家人的困惑
在電視機後
表演愛的皮影

賀婕

十三畫

嫑

不要懊悔錯過去年夏夜的煙火
不要遮掩那些全裸的時刻不要
以為你真的很好看
不要搪塞我的愛不要有罪惡感
反正下一次你還是會隨地吐痰

柯嘉智

十七畫

嬲

兩位帥哥哥保護小妹妹
小妹妹想讀書不想戀愛
我會做好吃的給哥哥吃
也會偷爸爸酒給哥哥喝
拜託不要喝醉裝瘋嚇人小妹不嫁酒鬼

管管

子

以前有個小孩抱我，跑向我。
我怕他抱不住，會跌倒。
然後他不見了，變成了你。
你抓住我拿不到的東西，
跑去我看不見的地方。

林蔚昀

一個梯子
石頭澆上了油

字

忘記某字怎麼寫，後來
它變成鬼，壓著我的手寫
我畫了一個無臉的人
它看著沉默半晌，而後
啜泣起來

游書珣

在厚厚的塵堆裡
翻尋　舌頭的神經
翻看　蠹蟲的排遺

陳義芝

字

紙書有靈，不可揚棄
曾經他們以火送走文字
視字為聖

林峰毅

存

一元，十元，五十元
豬公飽著，我的慾望
銳利鋒芒，揭曉
一片光碟，新潮天堂
剩下剖半後的，過去的夢想

章家祥

十六畫

學

紅色芒果乾弄紅
滿嘴辣的夕陽
操場凝視小學生
彼此覺得空曠

侯馨婷

六畫

守

從清晨睡到了夜晚
毫無意外，我們又錯過了一天
彷彿停留著，那些星星都是孤獨的嗎
月光下不斷揭示的命題
通往遠方的列車我終於沒有上去

洪崇德

字

日光借了一段時間
投入葉底
風也借一小段
讓蒲公英跑
看看誰先跑成銀河

大浪

宅

存不到台幣只好存P幣
買不起豪宅
至少可以很宅
婉君自有正義
網路也能拚經濟

*婉君，鄉民用語，指網軍。

小邊

叫你托個塔
你說沒手
手呢？
都拿去打手遊了

洗飽荒

宛

收起手
我們不擁抱
熄滅床頭燈
宛如死

林劭璠

九畫

宥

心的屋簷下，曾有的
漸次遊牧到了屋簷下
的牆壁上；法書瀟灑
看著，恰似不曾離家

林世仁

十畫

家

小時候不懂
騎著單車在村裡撒野
只想長大後離開家
長大後懂了
後悔曾逼著自己長大

崔香蘭

那些餓得連黑暗都吞下的人
牽手圍圈禱念
以心參養的標章
在食安風暴時崩解了

王離

寒流襲來大街闃其無人
捷運列橋下
一名遊子蝸居
睡姿弓成臺北城裡一枚天問式的
「？」

吳懷晨

家

地表上一方寸的四壁
围住一群体温
风雨赤裸在外
只能妒忌度日

陈伟哲

年少破籠而出
流浪之途最想抵達的終站
重返，
生命才開始茁壯。

王榆鈞

兩隻手握一個故事
我們讓信箋屯滿碎紙機
讓風打背後吹過，讓影子走在前頭
多風多霧的巷口我說——
天雨路滑，總是步伐小心

羅毓嘉

準備好了鄉愁的棺木　裡面裝了溫順
推出去給人祭拜　明天就要上鎖
推去火葬　燒成孩子的眼淚
在這之後　只有一束一束的鮮花
等待成熟的水果　還有你自己

馬尼尼為

家

口銜樹枝碎石
穿過數十年積雲
女與女　男與男　我與你將築巢於此
在摯愛的亡靈頭頂水杯
燦笑且曾顛簸行經的世界

廖梅璇

大法官在2017年5月24日公布釋字
748號，宣告民法排除同性別的兩人
成立親密、排他的永久結合關係，
違反憲法保障的婚姻自由和平等權，
兩年內須修正法律。臺灣可望成為
亞洲第一個落實婚姻平權的國家。

洪淳琦

原住民歌手巴奈、那布及導演馬躍比吼等人，為抗議原民會違法大幅限縮原住民族傳統領域範圍，在凱道紮營一百天被清場後，轉往捷運台大醫院站抗爭，訴求大眾面對轉型正義，陪原住民畫出回家的路。

洪淳琦

容

鑿開我們堅韌的肉體
讓風穿過
讓光透進
再小心棲身
成為彼此的容器

洪順容

寓

也就明白了一切皆僅寄居如構架之於
大地傢俱之於水泥愛侶之於床褥
激情之於心悸承諾之於喘息
背叛之於即時通訊或者
最假的真之於字句

臥斧

寐

世界是由砂所搭建的塔
當青春已過，世界就漸漸風化散去
於是我們閉上雙眼假寐
好在閉上的眼中保存那完整
你看老人越發熟練，長長的假寐

陳惠婷

十四畫

寢

畢竟是周末，時值午後
睡意還貼俯著鐵皮的屋頂
曬那微薄的陽光
所謂貓死留皮

蔡琳森

十五畫

寫

小學二年級，我丟下筆
「這字太難。」
那時我還小，不知道
人生有時
艱難更甚

曾琮琇

寫

倒一杯高粱
靜靜看墨死掉
字的靈魂披在白雪上
時間結凍成冰

陳令洋

在轉折和一撇一捺間
跳一小段異於常人的舞
不擇選字體
用筆跡簽名

田品回

六畫

寺

止於胸壑點寸，自心殿堂
塵世挽籃燒香趴趴走，徒然！
等待時，恃侍，詩持
內在小劇場的敲鑼打鼓
戲散棚拆，古寺中天一彎新月如鉤

吳品瑜

九畫

封

關閉的鬧鐘，關閉的窗
在房間裡
我面對全黑的鏡子
以為死去的人
是可以復活的

鄭哲涵

十二畫

尋

朝天空，寫上名字，風　會將雲朵
吹往孤島，浮漾的盡頭
那兒柔媚的水波，有詩的光影
聲音，盪氣迴腸，有海洋深不可測
暗香起伏，風，早已忘卻的，過去

曾湘綾

三畫

小

秘密容易液化
漏自笔尖的束缚
一小滴一小滴暗示
纸忽然了悟人事

陈伟哲

三畫

尸

消化過的水和米
消逝中的比較或死亡
儘管再骯髒卑鄙
他都願意擔任
最溫柔的屋頂

嘉勵・賈文卿

五畫

尻

尻的時候想念極了你美妙的
那招那是極高段的微笑搭配
極高段的姿勢與極高段扭動
以及高頻聲響於是我成了個
無用而遭報廢的新時代癡漢

蘇匯宇

八畫

B

舔的時候真他媽爽爆可沒開玩笑那個聲音那個觸感那個渾然天成的蠕動那液體滋味那律動那能量那直穿腦門兒的啪嗒啪嗒簡直要死了要升天了要飛了的澈底與道德決裂時候的無怨無悔

蘇匯宇

九畫

屌

屌亦作鳥屪或尿俗寫閉意思是陰莖陽具引申為性交形容陰莖插女陰時的動作但含有貶義現代標準漢語中鳥偶為屌可做為理睬之意屬不禮貌不屑之用法如誰鳥你（維基百科）

蘇匯宇

屋

千利休在極簡主義的茶屋裡
尋找清閑之心
煮水、砌茶、喝茶
煮水、砌茶、喝茶
忘卻世俗的一切煩惱

李清志

屏

唐朝的屏风常常用来题诗画画
它的背面也可以用于窃听和伏杀手
赵进士家的屏风被人画上过一群仕女
其中一位还下来和进士恩爱了几年
她回到屏风后，画中多了一个小孩

李亚伟

十畫

屐

阿公穿木屐
敲在室內室外泥土地
發出人生緩慢節奏
進入繁華世代
木屐變奏曲在人間迷失

陳秀珍

十五畫

層

我們所建立的重屋大廈那麼容易傾頹
做為一種保存的複印，也是一種傾頹
壓扁，摺疊，再包裝，傳銷，出售
藏在皺摺中的小敘事，像蛾那樣死去
它需要層次，如同呼吸的空氣

鄧小樺

三畫

山

小鹿將頭伸出天
窗，光影變化代擬衣帽；牠們頭
角披覆綠雪，車道仍為山腰
勒出贅肉，再上層還有
還有一些軟體還在午睡

李桑珀

日夜的那一端
它斑駁地立著
像生或死的屏風
遮住後面的世界——
至今仍是想像的世界

孫維民

山

人們踩過我的　脊骨
魚兒游過我的　靜脈
我是最虔誠的　膜拜者
匍匐於地
茫然探尋

樂莫

山去了一個人，
一個人的片面，高聳；
閂他一行嘴，杉他一個高冷，
再刪一行地平線，讓他再三踩空。
跚跚又走來，自以為如山的人。

李進文

捺著青綠慢慢鬆手
離別於是
良久成了目送

廖梅璇

即將就要撞個滿懷
快過迎面 那蓊鬱
永遠只是經過
水珠與鳥鳴

廖梅璇

七畫

岑

七月二十，蟬鳴讓山長了一歲
喬木為了守護這座森林而不停鍛鍊
假設淡忘，儀式是最後一次繩結造字
陣雨乍歇，在南崁溪慢跑的人
微汗如細水慢慢流過，直到蟬鳴不再

陳少

八畫

岩

何謂岩之本質？
流水，
用盡一生的力氣——搥打著基礎存
有學

吳懷晨

島

龜紋裂出河道
祂願意
將自己低窪成湖泊
接納所有靜待轉世的融冰

陳少

是一些休息站和造愛所譬如候鳥
是一些產房和淺水食堂譬如海龜
海負責洶湧而它固定起伏和蜿蜒
人們離開時回首企望
人們抵達後懷想啟航

蔡宛璇

島

错失邮戳的旅途
陆地求不得邮票祝福
四处寻觅旧爱
如浮萍一漂
便漂向大洲的失忆内

陈伟哲

飛鳥心裡有座山
火焰長成山
負重遠走　只得墜落
210 公里　城市外海

AnnieRuo

十二畫

崔

巡山人久聞那異樣的啼聲
於灰嶙峭岩間穿引
他抗拒這巧舌的誘惑
如琴師抗拒一種古典
一雀終飛出，如帶羽之箭，錨擊其心

崔舜華

崩

一顆山頂巨石即將崩落
我們山坡種的樹苗
卻正在它崩落的路徑上發芽

張繼琳

三畫

川

洗掉我
它赤身裸體
爬過詞語的河床
抓起一塊塊渾圓的石頭
扔進世界

吳俞萱

三畫

工

天地之間
所有直挺的柱子都是你們豎立的
但你們的腰
老彎著

吳修和

進來兩人
屋頂跌下
打中那巫
就坐看天
變成地板

林劭璠

七畫

巫

我諦聽泥土我嗅聞閃電，我看見
星球與生靈接繫的那條線
我善於物質的解碼轉譯
和語言藩籬的潛越我感覺
運命齒輪無明的鉸鏈

蔡宛璇

巫

洪荒之年的舞师，不甘于屈从
宿命和奴役的人。最早窥见天地
及时地歌唱那些秘密，人类唯一的
祝福者，同样也必将是诅咒者
自己却被隔离，被孤独致死

野夫

巷

筆直或曲折的小路
在安靜的黃昏交錯。
有人說話，有人開門
有人為樹蘭澆水
有人在廚房洗米

孫維民

六畫

帆

天地間的一片手帕
因離別而展開
貿易的季風於今依然
吹動在船長的日誌
一聲聲遠洋的汽笛外

徐國能

八畫

帚

所有被拋棄的
一一聚集了（以我
枯乾的手）
終究也留不住

陳育虹

十四畫

幣

用著紙和金屬刻出數字
如同上帝命名亞當般神聖
從此它就管理萬物
生養眾多

許銘軒

五畫

平

我相信人生而平等
如果我移動心的砝碼
是否就能讓人生
多些人性？讓性生活
還原成生活？

吳岱穎

地球是圓的
法律是正的
月球表面是凹凸的
曾經的平不是平

韮蒂

六畫

年

小時候，它是一頭野獸。
我們用紅紙和鞭炮把它嚇跑。
它來追我們，我們高興地尖叫。
長大後它不追我們了，
我們提著燈籠去找它，卻找不到。

林蔚昀

年

末端就是開始
貓追著尾巴
變成狂奔的奶油
我們看牠跑笑牠傻
卻也都分了幾口

林劭璠

幹

不小心衛生紙沒對準於是
涔涔就弄到手上了髒髒幹

蘇匯宇

道上盛傳大數據寫詩是大勢所趨於是
臉書徵文一日竟得無數古典髒句諸如
幹恁鄒罵雜杯會幹恁娘累（娘惹）咧
幹恁娘咧厚狗幹幹恁開基祖幹破恁娘
恁大嬸婆勒臭雞掰等等族繁不及備載

蘇匯宇

我真的沒辦法在這一語言頓失技巧後
乃至好多年過去了仍然為之氣結於是
仍奮力挺起牙根嘶吼試著找尋道德感
仍未成包袱之前還會拉拉K打打砲的
時光而對社會尚有莫名不解時的幹意

蘇匯宇

幹

幹他媽的忘了帶打火機
但已上高速公路全劇終

蘇匯宇

幻

沒有聽眾的對白
沒有觀眾的對手戲
其實也沒有邀請　沒有售票
是他們硬闖進來
說我們演得太假　要我們下床

郭彥麟

七畫

床

你必須躺著
滲出更大的呼嚕聲
享受海岸一波波不規則的節拍
禱告幸運活著
或者被踢下床

紫鵑

八畫

店

何時會戀愛？快了快
何時會發財？快了快
何時會把這裡租下來
騎樓占卜師盯着客人
心想：快了！快了快

嘉勵・賈文卿

十二畫

廊

建築中最曖昧的空間
懸浮在建築的邊緣
似乎要回到建築的懷抱
卻又像是要逃向自由的天空
站在陽臺上的人，也懷著同樣的心情

李清志

十五畫

廠

剛向外國出口了十五萬把拆信刀
將打開多少秘密呢？
愛情、鄉愁、多年不見的懷念
蘆洲翻模廠昏暗的生產線
默默量產著，鍍了金的希望

羅浩原

九畫

弈

人類終於造出自己無法打敗的傀儡
我們便重新定義每一顆星星的價值
如果此時還有人討論美或宗教
一如方舟的傳說
我們便重新估計人類是卑微或偉大

徐國能

八畫

弦

觸動月牙的邊緣
以詩之心耳
聽見整個宇宙
的
寂寞

任真慧

弦

身為一個不被認可的直徑
只好安慰著自己
不似擦肩而過的切線
至少我還連結著彼岸的兩端

鄭旭峰

彤

大廈外的黑暗無邊無際
鋒利的雨把夜削尖
一個人在小燈泡下
用雙腿量度劏房的尺寸
與影子爭奪空間

*劏房：分間樓宇單位，是香港出租房的一種，常見於唐樓等舊式建築物。即是業主或二房東將一個普通住宅單位分間成不少於兩

個較細小的獨立單位，作出售或出租之用。

（維基百科）

可洛

十五畫

影

為孩子演一場紙影戲
他們把聲音遮出，作為入場券
以目光燒製影子，小小的
人形灰燼，從身後離開
朝戲台拔足而去

游書珣

九畫

徊

此後
我走向從前

徐珮芬

後

永遠都有學長
還有破滅後的學長
我們都在前往未來
令人興奮的路上

賀婕

待

才子總得牽手佳人儷影相伴
便不負青燈古佛前的合十素盼
偏偏交纏難捨的只有香煙裊裊
暮鼓咚咚終究應和不了晨鐘嗡嗡
覺悟不同步地歪斜，誰等誰？

吳品瑜

律

截去我的手我的腳我的頭
接上名為紀律與和諧的管線
嚴厲電流刺入心臟
名醫摘下口罩，微笑
「看，這不是活下來了嗎？」

閻士麒

十一畫

從

愛的名詞到動詞
一種積極的動物性
愛的動詞到名詞
一種漠然的方向性

王榆鈞

十三畫

微

微小的女子站在一紙契約前
上面寫著——
一賣千休，割藤永斷。
那是她父親的字跡。在這世界
她更加微小了

彤雅立

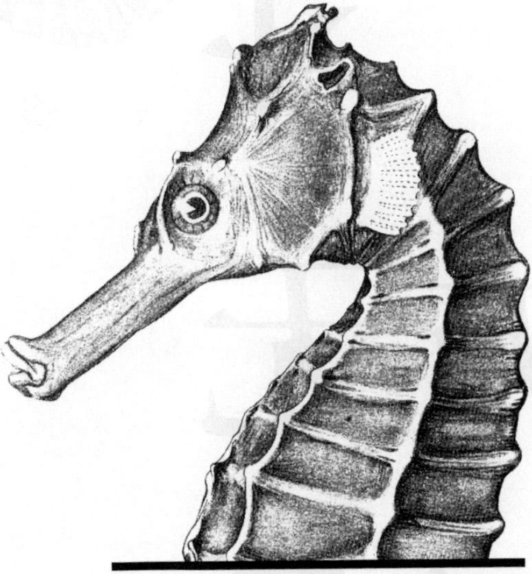

Hippocampus kuda / 庫達海馬

心戈戶
手支攴
文　斗
斤方无
日曰月

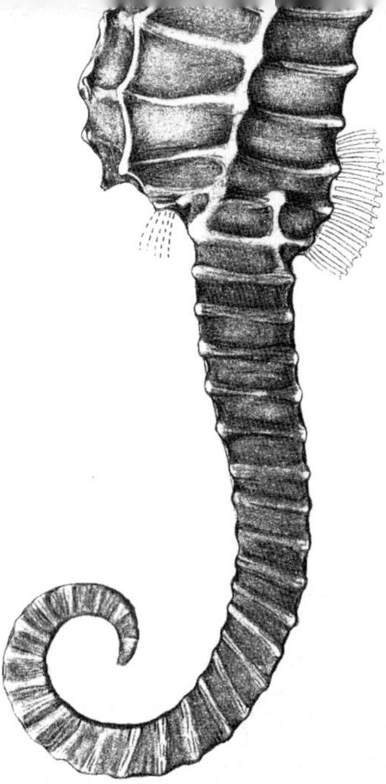

筆畫四

木欠止歹殳

比毛氏气水

爪父爻爿片

牛犬

心

斷成兩半
還是想比較

游善鈞

天窗打開
一隻鳥飛進來
輕輕啄食
愛的秘密

陸穎魚

心
是三滴漂浮在臉上的淚水
一滴是真的
另外兩滴則是後來的
唯心與違心

廖宏霖

忌

死於美麗的幻景之下
心，被顫晃擠壓
成血、成鐵、最後成灰
盯過越多遺照裡的雙眼
日曆將同步填滿更多紀念

鄉岸

忘

我一次又
一次將自己反鎖於心的
外邊，我也想問問
心裡的自己：「難道，
你的記憶都不算數？」*

*借朱天心《古都》開頭首句。

曾琮琇

用藥物換來安眠
卻不知，也換來了遺忘
我開始忘記那些最簡單的
那些生活上重要的小事
吃了藥，繼續祝我一夜好眠

崔香蘭

念

恍若遠方的一炊煙
忽近　忽遠
翻過田園走過山澗飄過湖面熬過雨天
只為求得
一緣　一面

樂莫

我引介你的詩句給我的日記
那一頁卻不斷溢出感性淚滴
濕潤程度遠遠超出
我曾對它傾訴的所有哀語

鄉岸

思

心田長出來的東西
不一定是當初種下的

徐珮芬

恨

誰在小說的第一頁圈住兇手
在愛來時，就會把椅子抽離
破譯電報的密碼早就交出去
沒什麼陌生，蔓延於心頭
糾結又糾結那無名的根

洪崇德

恃

將心寄託明月古剎
喃喃誦經卻超度不了怨咒
木魚急急如律令地調兵遣將
押不回迷走輪迴的魂魄
無可依，無可靠的孑然

吳品瑜

恩

風不動，旗不動：
你欠我的，他欠我的
過去欠我的，未來欠我的
現在還沒想到的——全都妥妥的
記在帳本裡

林世仁

恙

愛情不來
我們都健健康康
快樂又美滿
拿針刺一下手指頭
測量不到血醣

湖南蟲

您

心上的人兒
至於為什麼要用敬語
只是因為
對於所仰望的
不敢靠得太近

吳修和

悼

在心裡默念一個人
像是背誦某個美麗的花語
有美好的意涵
有好聞的氣味
（對於死亡感到心滿意足）

林餘佐

惦

浪衝上岸時，愛無處躲藏，四周
盡是往日，細碎的耳語，孤傲的
漂流，閃閃發光，星空下掀開
整座海洋的記憶，發現那些掩藏
沙礫間，微小的甜蜜，正晶瑩如昔

曾湘綾

惡

漪矣哉，心上的十字徽章
教我猛然爆破趙家的醬缸
任性，真爽。哎，自從我
一心向善，頭上藍瘦香菇
十字黯淡，微微有「恙」

唐捐

愛

你想好該如何發音了嗎。

其實也無所謂
無關乎咬字、口音、聲腔……
唸起來都是一樣的

洪順容

後來你覺得這是個破音字
學校草草示範過最簡單的讀法
接著是格子裡無止盡的筆畫練習
是的，不管你選羊毫或狼毫
最終都像在比賽看誰先把紙寫到破音

曹惟純

如同過去的汙點
現在擦不掉

游善鈞

愛

接受一顆心
或著
心不在了
也得受

吳修和

不去看
不去聽
不去寫
不承認
都那麼難

湖南蟲

相同的空間，日出和日落
由我，諦聽寂寞
即便牢騷，仍是幸福的痛
分了合，合了分
其實　早已相連

張懿

為什麼你的誘惑變成悲哀
你的撫觸變成痛苦
你的裸露變成垂死
土地流失我心中最後一顆種子

陳義芝

愛

女人
終究會在稚子夜裡的床前故事後
覓得她此生
不悔
：「馬麻，我好愛妳！」

吳懷晨

神與人靈魂都不朽，
運用形象比喻成雙馬拉的馬車。
不同的是神的馬，兩匹都是好的，
而人的，一匹良馬，另一匹劣馬。

席時斌

宙斯領眾神精靈，駕馭二飛馬馬車，
直上天穹絕頂，那裡是真正的居所，
無色無形、不可觸摸。
凡人則受劣馬的牽制，時升時降，
困頓於憂擾，終究羽翼受損而墜地。

席時斌

所有這些靈魂需要一萬年的輪迴，
才能恢復羽翼，
才能回到它的出發點。

席時斌

想

茲收到川普先生
開立空白支票一張
特立此據為憑
經手人
我

馮翊綱

慮

醒來　成了一隻恐龍
好消息是　我幾乎忘記了所有的事
工作　臉書帳號　贍養費　新戀情
但壞消息是
我仍記得「大滅絕」的故事

郭彥麟

十九畫

懷

總有一些理由
不存在相對的溫柔
以為病過就能曲終
卻不斷在日子裡辯證
你是否長存此生

楚影

二十一畫

懼

貓成了老虎
麻雀成了禿鷹
杏仁核在微波爐裡過熱
爬滿蟲子的煙霧裡
交感神經的焦味瀰漫

郭彥麟

戀

那些躲藏起來的岸
來自同一片海

游善鈞

在寂寞發胖前，節制愛。

姚時晴

七畫

我

殺了一個
又長一個
像花，像時間
像癮

孫得欽

是文字或是照片？
聲音或是影像？
FB 動態還是 LINE 表情貼圖？
是美圖修修還是矽膠填充？
告別式上的照片，棺木裡的皮囊。

王靖惇

我

沒有信仰的人
應該如何禱告
應該如何進入輪迴
應該如何面對鏡子
應該如何死

鄭哲涵

你們聊著是與非
他們談著對與錯
你與他之間
獨留，失語的我

菲蒂

一再離題的生字練習
翻閱整疊習字本
每頁都寫滿了：
找找找找找找找找找……

曹惟純

十七畫

戲

總有些人來來去去。

楊景翔

八畫

房

建築中最私密的空間
塞滿了許多不同的心思意念
是不能隨意向人展示的地方
偷進別人的書房
猶如偷窺了他的腦海

李清志

十畫

扇

我是可取代的
（又有甚麼不可
取代）何況這時起風了……
沒有永遠的夏日
沒有永遠，我知道

陳育虹

四畫

手

每日練習握拳
掌心空間很小
只有信念住在裡面

王榆鈞

八畫

拆

所有的回憶在公權力一聲令下
必須被終止

崔香蘭

拎

一個空瓶換2元
是要幾瓶才能換一粒G蛋
只好再拎兩瓶回家
管伊係拎杯拎祖母拎老師
麥囉嗦，來拎啦

小邊

拌

將彼此清洗乾淨
冰水緊縮毛孔
佐五顏六色的　奇異食材
以手抓食
任細菌在體中滋長　也不在意

江舟航

抛

又一日
由東而西
他試著說服手中的核
飛越溪流
讓野地擁抱成輝煌的果實

大浪

持

就著陰翳玩起手影
迷惑在自娛自樂的闇黑幻型
扭曲的蛇　變異的蝶　駭人的鷹
忽地以手指天
天心，推開了古寺半掩的月下門

吳品瑜

十一畫

推

動的是它物
我在推
成就的用我作力
得知的只是了卻一樁嘗試
抵達了；物早已離手

陳英哲

十二畫

描

不過想描繪另外一頭
你的精確樣貌
於是權充比例尺的手指
橫跨時間空間的幽微向度
伸向無窮遠的，你恆在的彼方

林峰毅

掰

揮手掰掰
你頭也不回走了
就像掰開的餅
再也無法還原

小邊

最後一塊掰下的餅
在眾人間推讓
為了故作禮貌以防明槍暗箭
只好假掰我不餓

小邊

掰

揮手掰掰
你頭也不回走了
帶走的不只是最後一片雲彩
還有最後一塊餅
真機掰

小邊

這次
你真的頭也不回走了
結局
再也掰不下去

小邊

十三畫

搭

他們說酒食本是完美姻緣
提味去膩配合如儀
前香後味亦步亦趨
如今眼見樓起樓空
只剩傳頌愛的曲調與來自遠方的情詩

波波大叔

九畫

故

在凝固的海上
強風無法克制我們
渴望讀雪的痕跡
寒冬中狂熱的心
用來膜拜什麼都會融化

陳昭淵

故

沒有故事的島嶼
已故之事皆會遭到刪除
「不如我們來談論未來。」我提議
然而眾人早已無法知曉
我剛才的獨白

煮雪的人

數

起初人迫使你相異冰冷地做畫分歸類
後來又試圖將你們連成一線
雖然兩點之間總存在距離
一旦存在無限
彼此之間便沒有相間

鄭旭峰

整數

以相同質性歸類畫分計量
不但將相異類別間豎立鴻溝
也將類別內任何事物視為沒有差異
然而失去了自己的獨特
又怎能稱之為完整呢

鄭旭峰

負數

會計師用赤色警戒著你
任何資產恐懼你的現形
其實你並不負面
虧欠予人反省改進的空間
還有修復彌補的機會

鄭旭峰

有理數

自人們開始對完整貪婪畫分
分母卻自始公平均分
有理之名實至名歸

鄭旭峰

無理數

奮不顧身地將一條線上的縫隙完滿
歷史上招致了許多血跡斑斑
所有數彼此間卻有了緊密相連的羈絆
此舉無理的浪漫

鄭旭峰

虛數／複數

人們聲稱你虛無飄渺
僅為負號與根號邂逅時必須的創造
然而在電與磁的交織
你貨真價實的存在絕非浪得虛名

鄭旭峰

四畫

文

哪會號著這名遮歹聽
陳蚊伵囝強強欲吼，某仔偷偷佇騙：
恁阿公毋捌字，去乎外省仔創治
你字著愛加認幾个
聽詳細，寫乎明：咱是這个意思

*號：取（名）

遮：這麼

強強欲吼：幾乎要哭出聲音

某：妻子
偷偷佇騙：偷偷在哄
恁：你的
毋捌字：不識字
創治：捉弄

熊一蘋

方

人們都覺得你大方
其實不然
將 360 度均分給每個角
四角卻都沒有多給別人 1 度的意願
唯恐不成方

鄭旭峰

旅

我將是旗幟
我將是焚風
我將是居所
我將是天亮之前的露水。

劉哲廷

有一天，旅行的終點
在舍拉子的美麗瓷磚殘損處
我的詩、妳的故事貿易
變現為七國語言——
紛失在庭墀上的綠錢

羅浩原

四畫

日

我封閉所有的感覺
才能把自己關進這
填一張
再填一張
考核表

林劭璠

八畫

明

我們明天再說話明天再把門打開
我們有一半的太陽也有一半的月亮
各有一半不用爭吵不用搶來搶去
一半是玩具一半是書
有一半的耀眼也有一半的惺忪

馬尼尼為

春

春天在不是春天的時候來了

謎

芒草上的山雀，一片枯葉咬著。

劉克襄

春

是神到來的日子
我向祂許了個願望
在波提切利式的下午，見你們仨一面
一同隨落花起舞
學黃鸝歌唱

周子西

星

天蠍星帶我走
在冬季望夜的海上
隨著洋流
一個人駕馭帆船旅行
在南極的島嶼

夏曼・藍波安

時

古寺素牆黛瓦上日光抹影
等待最難熬的不是那人沒來
竟是恍惚暈眩地黑了眼
喃喃起今夕是何年!?
難得人身成了一竿日晷，自我計算

吳品瑜

時間是假的，困住那些被困住的
但那些困不住的終究無法被困住
試著遺忘、反抗、改革、勇敢、堅強
用盡全身力氣，努力呼吸
我不能繼續這樣

崔香蘭

暑

他們開始在海邊交談
焚燒自己的衣物
在震耳欲聾的樂音裡
複製另一日

劉哲廷

晶

優秀的他和優秀的她優秀的做愛做出
優秀的小孩優秀的讀書優秀的去留日
優秀的 CEO 優秀的拜祖先秀優秀供品
優秀的爸媽優秀的指點：
要摘下三顆太陽，才叫光耀門楣！

嘉勵・賈文卿

晴

與萬物在一起以為我可以
以陽光替代後我想我可以
一朵將開未開的花緘默在烏雲下
以為那是心原來的樣子，以為
那是妳原來的樣子

洪崇德

為了回應你
熱情的目光
我趕緊抖落塵土
讓微風帶走我的雨季
在抬頭與你凝望

林文青

暗

我們接合
你終於成為我的一支
巨大的陽具
我們先後抵達
彼端，比此端更黑暗

賀婕

暈

月亮與太陽
一前一後
是影子或者
正確焦距下
結的果子

何景窗

十六畫

曇くも

大霧滲透髮間的空隙
險惡山路折曲你的足筋
即便是烏雲也有金邊，你深信
這樣跑下去就可以抵達
夢中曾經抵達的國度

劉羽軒

十八畫

曜

日月火水木金土
月月火水木金金
日月水火金金金
日金月金土土土
日月火水木金土

陳令洋

四畫

曰

日子吃多了
吐出話來
光陰似箭歲月如梭
爺爺越說越多

田品回

六畫

曲

一縷腰擰向天邊，為
嬌蠻拉出時間的軟——
連疑問都是粉撲撲的，
從花瓣裡吭出好奇的露水。

楊小濱

曲

在海底火山爆發之後
沉寂
一座孤島升起
島上眾生的痕跡無限蜿蜒
通往時間的彼端

任真慧

十畫

書

你領我走過舊址
老人在我們身後更老了去
文字都擠壓成頹敗風景
你斜挑眼眉
一株草在洋灰牆罅裡迸出來

曾翎龍

書

有時鐘仔个指針
亂亂停在頁碼頂背
一翻開，書中个字緊張地
排路隊，像蟻公
尋到了甜

*客語／四縣腔

張英珉

習慣遮藏自己的價值
木質的頁岩無語，供陌生人踩踏
有時一個絆跤的人拳打腳踢
有時遇到一雙坐下來吮吸的眼
交疊的紋理就會流出乳汁

吾土

四畫

月

白色的大衣被取走
黑色的大衣
倏地掛上
靜謐中一顆鈕釦
在發亮

何景窗

月光罩我，
我沒有變得更敢對夜揮拳。
在便利超商點了大杯的大悲，
點數不死心，累積到可以兌換一笑。

李進文

十一畫

望

小孩踩著俏皮輕快的步伐
青年聽著搖滾樂團的嘈雜
壯年拖著發福油膩的肚量
老年獨居在家等著什麼
來訪

張容慈

五畫

未

小孩
是我們的未來
老人
是我們的未來

ㄎㄆ

本

大樹底下的盤根錯節
總被過度簡化成一筆
開發大於保育的算式
誰惦記著古厝與大樹　誰忘了
本

吳修和

七畫

村

趙家的饅頭錢家的餅
孫家的燒雞李家的麵
周家的祖宗吳家的鬼
鄭家的媳婦王家的娘
我家剛好姓馮

馮翊綱

林

一輩子
手牽手
哪裡都沒去
哪裡都去了

李時雍

向上長成參天模樣
往下便是扎根入土
叢生一處森森的居所
我們漂泊的靈魂啊
總算有處可棲

洪順容

土壤培育原埜
雨水滋潤淋浴
林木鬱鬱森森
啊！夕梦火焚
是森林永恆的輪迴

黃智溶

我們並肩靠在一起，做愛如風
雖然你高潮時是三月，而我脹紅
已經入冬
林間有鳥，有豐潤的露
蚯蚓低聲爭執著誰跟誰暗地私通

潘家欣

林

這是我的姓氏，一個消失中的名字。
「林」慢慢不見，變成了「木」。
我們的生活中有很多的「木」。
餐桌，椅子，積木，小床，書本。
這麼多「木」，不會再變回「林」。

林蔚昀

染

有一年，我穿旧的学生服被染成黑色
我穿着这样的二手新衣过了新年
在更早，苏州有一万多工人夜染日晒
在被光阴染旧的岁月，在寒冷的冬日
为很多小孩翻版着过年的新衣

李亚伟

根

不斷地被一刀一刀逼近
那隱藏於數字的根
卻仍維持著一副可遇不可求的高貴
只等待命定的相乘

鄭旭峰

桌

中間刻條線
這邊的孩子已經長大
那邊的男生還不愛女生

侯馨婷

柴

活著的時候
身體裡有河
死了以後
給你燒飯

蕭詒徽

也好，再沒有人需要
折斷自己，交付一場火
此後的記憶
沒有光亮，沒有聲響
溫暖，而沒有灰燼

林禹瑄

棄

他從這邊滾向那邊
所經之處
從那邊裂到這邊
他一動不動
看自己全數掉落

吳俞萱

梯

人的一生是拾級而上嗎？
我看到往上的腳印
存在沉淪的方向

陳育萱

棧

畫兩根柱子一截橫木
旅人被拋進夢的墓穴了
畫一條懸空的小路
遠方被告知
時間還未到盡頭

陳義芝

森

傘的骨節已經長全，開闔隨風勢
各異，但不長肉；鳥聲驚叱
因土的微微鬆動。因我腳步侵犯
這片無人領域，十二月的風才剛寒
晚燈被季節提早旋亮

李桑珀

一棵樹給你，一棵留給我
還有一棵給我們的孩子
這就是家
我們呼吸，共食，交談，等待
最後躺下的地方

潘家欣

疊疊樂，學女媧補天
即使補不了臭氧層
造一艘方舟
在窒息之前
讓城市繼續苟延

靈歌

椏

再向上走一階
就能自在遮陽　跳格子
以葉隙對談　摩挲著月光
卻被新生的高樓截肢
木然，療傷

湘羽

楚

雙木為林，落疋成足
被眾神低語的孤獨
屬於那個南方的人
終要走遍大澤，是命運
是從不後悔的心

楚影

極

北方的俘虜奮力的游著
如柴的身軀和風霜的臉面
還有不斷消融的冰山
都忘了告訴他們
南方樂園已經關閉

林文青

榫

你用身體將我圈起
沉浸於黏膩帶來的浪漫
此刻　我們深信
正是這陰陽相契
成就了彼此的無用之用

龍彥儒

樂

世界是一首歌。
每夜，月亮唱邊塞曲，
夢也亮晶晶的：
懸在天空的驕傲。

楊小濱

標

在夜市的靶場上設下標的
成功　幸福　健康　名聲　自己
在時間的槍中裝上生命的子彈
碰碰碰碰　啊
沒子彈了

許銘軒

槻

印卡

忍著對夢
柔的
慢慢
軟在
珈瑜譜樂

樓

許赫

眼看他起高樓
眼看他宴賓客
眼看他樓拆了
開闢科學園區

樓

在地上畫出格子
再高的摩天大樓
我都有機會到達

陳育萱

樹

穿過枝葉和花香觀望：
天空更近、更寬
河水更多清涼
房屋更多美麗
人們也是

孫維民

樺

是許多尖尖的草在雪地上冒出
關於樹的念頭

崔舜華

橋

涉水而過
小船自下擺渡

你想抵達彼岸
還是成為石頭

洪順容

橋

河的這一岸是條街
河的那一岸是溫泉飯店
財團跟政府合作蓋了一座橋
讓街上的居民能夠到溫泉飯店上班
去年是水泥橋今年是鐵板橋

許赫

樵

某些時候他走路他面朝雨的方向
某些時候他像山一樣
某些時候鋸子和機器的聲音緩慢了
下來
祕密的後面還有祕密的後面還有
某些特別安靜的時候還有——

羅毓嘉

十七畫

繫

你已經不存在了
為什麼
還留在一朵花裡
唉繫迷繫迷

陳育虹

二十一畫

櫺

面對晨曦
有些人適宜
伸出他們的手腕
抓住無法抓住的光線
直到另一個銬著手的人經過

羅毓嘉

二十二畫

權

衡重之器謂之權
權之用，越重大越有力
讓面對權力的我們越發
感到無力，不知道自己
究竟是被誰推上失重的天平

吳岱穎

十二畫

款

自車頭轉來了後
陳太太猶原替伊晾衫
風是暗時也日時
膨起來總是伊的款

*轉來：回來／了後：之後／猶原：還是
伊：他／暗時：夜晚／日時：白天
款：……的樣子

熊一蘋

十四畫

歌

唱給妳的歌，或許忘了
但它留在妳那小小的子宮
等妳也成為母親，腹中的孩子便能
隱隱聽見——
也算一種，所謂遺傳

游書珣

步行在空中的腳

經過了時光

姚謙

止部：正
歹部：死、殃、殉、殖、殤

五畫

正

橫豎難工
不正即歪
干戈動武
倒錯上下
一瀉不止

向陽

六畫

死

釀了一輩子
無數次不純粹
才終於成功的
百分百
濃縮果汁

孫梓評

我的死，是為你們準備的
吃吧、用吧
別客氣
雨，不是只為一個人下

孫得欽

十二星座的朋友們
你們辛苦了
今年對你們來說
仍然是死亡機率最高的一年
而且之後　只會越來越高

鄭哲涵

死

走過時間與空間的縫隙
讓奔跑變成無窮級數般的幻象
看見每一個平行宇宙的自己
躺在被擰乾的命運裡
如發霉的靜物

陳子雅

最後全都死了

謎

九畫

殃

掛在《逃避雖可恥但有用》
第三集 32 分 50 秒處
的一個匾：
「雲無心出岫」

孫梓評

十畫

殉

一滴雨
前往另一滴雨
的途中

孫梓評

十二畫

殖

墳上的草
為了確認來訪人數
每一年
又長高一些

孫梓評

十五畫

殤

迷迭香落髮
未成年的枝
給介殼蟲
結捕夢網

孫梓評

五畫

母

唸一個故事之後，她闔起我
摺疊起肥厚陰唇、妝奩和心
拉起褪至腰間的旗袍，紮起髮辮
重做一個女兒，騎著車兒
在外公的工廠前輕輕飛起

傅凱羚

換上乾淨的衣服繼續活著
跟那些興高采烈的孩子一樣
帶著全新的眼球與心臟
帶著全黑的沉穩　全新的厭惡感
被孩子團團圍住　用一隻腳行走

馬尼尼為

母

當我的翅膀蠟熔
當我墜落
她從世界的背面
接住我

柯嘉智

毛

要五毛
給一塊
一塊的小時候是五毛
五毛長大了
並沒有一塊

侯馨婷

八畫

氓

豬哥亮，本名謝新達，影視與秀場藝人，1946 年生。以馬桶蓋髮型、充滿性暗示的諧謔閩南語演出風格知名。嗜賭而「出國深造」及與女兒謝金燕隔閡，常成庶民談資。2017 年 5 月癌逝。

丁名慶

十畫

氦

一月的日子從巴黎到安東尼
電車上的人們說著我聽不懂的法語
才想起實驗室正降溫至超流態的氦
原來也和我是同樣的心情
因為車子將要繼續向前行

簡靖航

氧

活著的證明
就是吃這個也氧
吃那個也氧

簡靖航

氫

薛丁格先生跟著貓留下的線索
終於找到氫的足跡
但仍沒找到貓
筋疲力盡的他只好先打個盹
霧也好　酒館也好

簡靖航

氮

氮越不想跟人打交道
大家就越覺得他很有學問
只有跟氫當朋友的時候
聊一些臭不可聞的人生大道理
所有人才悻悻然的離開

簡靖航

氯

臨走以前
用含氯最多的漂白水
把我昨夜吐在你家馬桶的回憶
統統清乾淨

簡靖航

水

冬日午後的陽光
湛藍色的泳池深處
伸展臂膀時水面翻攪的乳白色泡沫
像《道經》的譬喻
那些最美好的

祁立峰

有些人倒下為了躺成水的樣子
流向地勢更低的場所
充滿所有卑微的縫隙

廖宏霖

五畫

永

把所有空白和著水慢慢磨入墨裡
決意只寫一個「永」，暗示
我能寫好所有字
而紅線從哪裡開始亂了
最終，惟有不成比例的水勢渲染開來

曹惟純

六畫

汗

毛細孔有甜甜鹹鹹的睡眠
日光，奇異的癱瘓

劉哲廷

沌

遲鈍的人表現了犀利的反響
遁逃的人無非概括一種模糊
頓悟的人於無止盡逗號後，掌握
句號的美學。原無可說的
在水裡，透視自擾的原鄉

吾土

沁

乙酸異戊酯
易燃，蒸氣與空氣形成爆炸性混合物
微溶於水
加入冰品成為香蕉油冰
與童年一同沁入我心

陳惠婷

汞

汞喜歡收藏各類金屬
但只有他自己知道藏了什麼
所以當鍊金術士對他嚴刑逼供時
大家總以為他還能再吐出更多

簡靖航

河

仰躺在山林合抱的低谷，孕養
龜裂的時空間，長流奉獻
分支出芽的歲月
卻也凋零於，淬鍊出冷漠的
冷冰如雪的水泥牆垣

章家祥

河

這世界很大
我們從來不知道
直到我們消失在大海裡
「我百般無聊地在河邊消耗生命。」

劉哲廷

法

我會永遠想念妳
我會永遠愛著妳
這些都是謊言，因為到最後
我也只是一絲風中的塵埃

楊渡

油

忍住了蒸發
所以燙
燙到會痛的時候
最香

蕭詒徽

波

波在胸前
是綑綁你的凶器
波在臉書
是柔焦加濾鏡的有圖沒真相

洗飽荒

活

社會想要你成為一個有用的人
有用的人代表讓社會好用的人
好用的人代表著為大家好的人
好好的一個人每天死了千百次
只想復活，好好成為自己的人

崔香蘭

有一口井，難以見底
於是把一整輩子全往裡頭倒
直到嘔吐與劇痛產生
才襯出昔日相安無事的汲水聲

鄉岸

遍尋不獲的孤本
終於被白蟻蛀爛了封面
露出了兩行句子
結了墨漬一樣的痂
而作者肯定在另一處好好地活著

米米

洗

每日試著移轉對象
狂躁與渴都像是可以依戀的
冷漠畢竟是種滌淨後遺症
每次陰乾自己，殷勤追求妥善
每日乏善可陳

蔡琳森

洞

我的身體深深了解，它的廣大與限制
我的獵物死意甚堅，我就吃掉牠
我們共用一種語言。我的新娘
隨我進入，煮食，嬉戲，用炭枝
做岩畫。我被未來告知，這是我的家

零雨

泉

供品都擺好了
唯獨沒有酒，大概是怕祢醉了
沿路灑落的虔誠，祢聽見了嗎？
從石壁縫間湧出的細流涓涓
他們說：「山神息怒了。」

林文青

浪

狂舞的浪花　躁動的拍打海岸
吞噬礁岩、吞噬腦中層層情感思想
血液急速流淌　激起暴戾的瘋狗浪
直到風暴之後　血液漸緩
腦海的巨浪　漸趨平靜

陳証元

海

她的長髮
她的呼息
環抱著你的雙臂
倒映星辰的眼

李時雍

海

從水，從母
從田，從心。從風也從月
敬那永不乾涸，敬那離去與復返
祭　為護守渾沌孕生萬物所聚積
星際間流落的淚滴

蔡宛璇

父親慣性沉默
母親長年乾涸
牽手時握住一片海洋
慢慢沉到深處
溺斃比相愛安心

林夢媧

神，也見不著底
卻願，願悲傷了
能藏入
心扉

張懿

蛇行的河迴避細節
略過兩岸
「總是有些故事
並不足以淤塞」
更遠處必定是海

曾翎龍

淡

相較於過於炙熱的那一半
三點水微不足道
但在太濃稠的思緒前
是沁涼寧靜之必需

吳修和

淚/泪

有一個盲目的聲音
準備回家
用力一指
淅瀝淅瀝的雨不停

馬尼尼為

淚

在奈米時代的拆字技術下
這不只是最乖戾的水
其中有家犬鎮守
這是水字部的看門者
最難過的第一關

曹惟純

十二畫

渣

分手後 你們開走我們一起
買的車
留下最後
三期貸款

丂夊

渡

就這樣了我們疲倦的誓言
睡在巨大的冰櫃裡
在空心的北極海上划一口棺材
盛大的頹廢沿途播送瓶蓋
我們的遠行我們的惡業我們的葬禮

蔣昀修

生活打你眼下過去了
哀樂進犯如八月的洪汛
心不過一場流沙
想來放甚麼上去也都會沉
是都會沉的

羅毓嘉

港

滄海
桑田
曾經的燈塔
盡成船的墓碑

李時雍

我見過的船
一艘一艘都出發了
浪每日試圖辨識自己昨天的流向
摸黑穿越碼頭拆毀的暗巷
卻找不到認識的岸

蔡文騫

湯

耐心燉字
想把整個夏天那麼久
濃縮煎熬成短短一場黃昏
夕陽如焰，青春柴火
終於把天空也煮焦了

蔡文騫

湧

垂落的髮流
懸在最亮的夜空

游善鈞

海焦一面，目色三層
用情傷深愛通看破
「明仔，擱倚較倚咧，」
佪爸講：你看彼、彼就是海蛇……
聲若湧來，岸嘛無手通掩

熊一蘋

*焦（干焦）：只有／目色：眼色、眼神
傷：太／愛通：應該要
倚較倚咧：站近一點
佪爸：他的爸爸
海蛇：水母／通：可以

溴

照片是最高明的騙術
連殘留的溴化銀都能偽裝成泛黃的
過去
而我卻也騙了你
其實失去嗅覺的我
早已聞不到任何一絲幸福的氣息

簡靖航

準

時刻表上　愛恨情仇簇擁
過多的計算　急於前進
卻沒有人發現　在神的眼中
所有事物都正在後退
而無常　是人性最精確的抵達

沈眠

漬

青春正好的歲月
完整、片段、細末般　無雜質的妳
裝瓶封存
記得製造日期
忘了賞味期限

江舟航

將自己的名字
用鹽分包裹
塞入乾淨的瓶子
讓它獨自乾燥
直到天空輕輕地癒合

林餘佐

漏

我曾夢過沙漏
把我的身體帶走
大量沉默且不朽的碎屑流入海中
寄宿在每一條魚的血液裡
留下我的惡名

陳昭淵

漁

世世代代的討海人上岸了
那些天羅地網不再精於生靈的獵捕
而是徒勞地撈拾棄物
那原是一種關係
那原來是種靈魂狀態的交換

蔡宛璇

演

自私，我的導演
演著那般無常
請不吝我
這秒成羊
下秒成狼

張懿

潑

潑在版上的是牢騷
潑在個版的是悄悄話
潑在匿名版的是實話
沒潑出來的
是快滿出來的秘密

小邊

十六畫

澳

等待浪與風的蜷縮
採貝討沰
在苔痕礫灘懷抱棲止
混凝土板塊鋪設之前
記憶溯往　緩緩伏波

*討沰：馬祖話，退潮後去潮間帶採拾海濱生物。

湘羽

十七畫

濕

「已經了嗎？」海自以為
不屈不撓的海浪
將潮間帶舔出了生態系

ㄎㄆ

瀆

泉噴一柱影

印卡

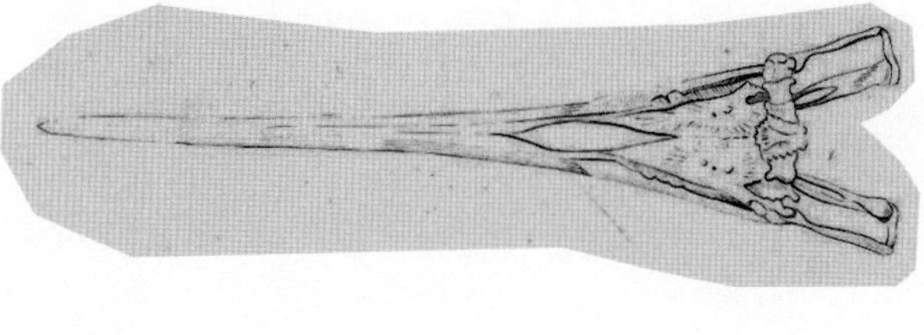

四畫

火

漂亮的事物譬如火　旋即燃燒
不能太接近　因為會痛　就看著那
橘色的火焰的心　藍色的火焰的身體
火也注視我　它說它這樣
焚燒自己　其實也有靛青色的痛

林婉瑜

六畫

灰

一隻貓死了
我摸了桌面塵污
猜想
到底什麼東西
化成了灰

張繼琳

灶

把草的頭髮放進去
把樹的手臂放進去
歲月，是灰燼
放出煙的脾氣
火的骨氣

陳義芝

兩口灶
是一家人的肚子
起火是一種試煉
穿梭婆媳間
充滿味道的傳說

迦納三味

灶

照顧過
全家人全家豬的胃
老灶體內已經好久
好久沒有點燃乾柴
烈火的激情

陳秀珍

炊

信號升起，向更遠方的人說明——
我在疲憊的旅途停下了
不得不停——我，騾馬，或我們
正在準備柴火——首先，喚醒火苗
靈魂，需要餵食，示弱，或睡一會兒

零雨

土角厝廚房
日夜高舉炊煙的煙管
照三餐吐白煙
縱火的人
是無辜的母親

陳秀珍

炒

全心準備剁切
精準拿捏調味
細細策劃順位
倒油引火
這些年的最後一步或在這火光消逝前

波波大叔

九畫

炸

下雪夜裡
裹上厚厚麵衣
哪都不想去
以嘴褪去甜蝦的殼
是加熱體溫後的娛樂消遣

江舟航

十二畫

無

寂寞小村沓無人跡
村婦沒有無線網路
她無欲無求
終至成為虛無

彤雅立

佛有語：無緣緣——
所以責備過同一片烏雲
所以感謝過同一陣雨
所以在擦身時壓抑住回頭的欲望
只留下背影給對方

湖南蟲

焱

許到第三個願望的壽星
突然不能呼吸
捧著滿懷的火焰
等誰幫他吹熄

徐珮芬

煮

溫泉地的市集
老者以柴火烹煮池水
「飲下之後，你將獲得永生。」老者說
「有人稱呼它孟婆湯，」
「而我僅稱它，麥茶。」

煮雪的人

然

如此。可以表示概略
同意某種陳述，或者
生硬拗折其語意譬如
民主之常態：讓討論
成討拍，失焦成自燃

吳岱穎

十四畫

熊

我們習於將苦
用其他更大的痛掩蓋
嚴寒尚未過去
即使做了惡夢也不要醒來

蔡仁偉

十五畫

頻

聲
展題
開離
來的
打你
伸我
發

印卡

燕

媽媽回來了
兄弟姊妹的黃色
大嘴吱吱喳喳
這次又沒吃到，沒關係
下次一定可以

洪肇聲

燒

才知用火
已不用火
禁燒紙錢
莫燒菸草
冷涼環保

陳令洋

燈

燭火小心放進籠子
是隻會跳舞的引路鳥
搖著黑夜的元宵

侯馨婷

燉

緣分與偶然
沒有邏輯
或是下鍋順序
只因妳的生活起居
與我房內久住的氣味混在一起

江舟航

燉

如緩慢悠揚的一場遊行
自日出走到深夜
從頭開始傳頌一個字
到結尾的時候演變成一首歌

波波大叔

燭

颱風天　停電了
找到了手電筒
電池卻流出了鐵水
也找到了一截小紅燭
它在古詩詞裡流著溫熱的淚

黃智溶

燭

雨水從窗縫滲入
木框潮濕，漸漸變色
樹影搖晃著玻璃——
此時，母親畫亮火柴
在飯桌上製造月光

孫維民

父

爬上你後我們對坐
過去的天頂是
現在的眉眼

王離

父

陳昱文

與父親組十二格櫃，打算將十二個月安靜擺好。灰塵不斷揚起，春雨連綿覆蓋想說卻沒說的恨話。格子裡甕裡的頭顱看著我們的演出笑了。父親仍用手拴緊螺絲。滿地的汗漬彷彿哭聲

父與子說，子不動
負手離開。
山有些空
山裡有樹
樹下有霧

傅凱羚

父啊，賜給我金。

「金人恩典！」

我們唱說。

eL

那時候，在你這年紀的時候。

那時候，認識你媽的時候。

那時候，把你養大的時候。

那時候，我！

後來怎麼了，那時候？

王靖惇

父

把頭頸
埋入軀幹
。
那蒂黑牡蠣用他的軟瘻管吹雪茄
僅有的一套西裝是他一生的縮影

李桑珀

爽

那人在我身上銘刻了
4個神祕的X。一整天
我像木瓜樹有著纍纍的
愛與傷害。日安，地球
我的LP，你的GY

唐捐

四畫

牛

趕不上鐵牛
水牛
在動物園一角
閉目反芻草原
歷史的鄉愁

陳秀珍

十二畫

犇

終于知道當年田單是怎麼打敗敵人的
仗打完不必造飯
就地吃烤牛排好了
跑的快沒有用
角上要帶刀！尾巴要點火！

管管

狄

深夜的無語的廣場上
有人或無人的腳踏車旁
機車比機車更機車
有人牽著自己的小狗
卻打開手機尋找著火的那隻

洪崇德

狂

笨拙地往前一步，
我問你，可以嗎？
不可以，你笑說。
於是，一個英雄的巔峰，
結束。

王靖惇

十畫

狼

回頭的時候有人罵我
吃食的時候有人罵我
唱歌的時候有人罵我
咧嘴笑笑，抖擻皮毛，但輕點
否則人心劣貌就無處附著

臥斧

十六畫

獨

社交媒體的時代，不社交就不存在
每個他人的反應，繩子四面八方扯來
自我分裂，近乎車裂
不如一隻孤獨的狗，出走北嚻之山
保留一身白虎般皮毛，隱居於山海經

鄧小樺

獸

討厭接吻變成吸吮
討厭缺乏愛意的觸摸
討厭性器不合
討厭霪雨深入內心
討厭世界沒有盡頭

凌性傑

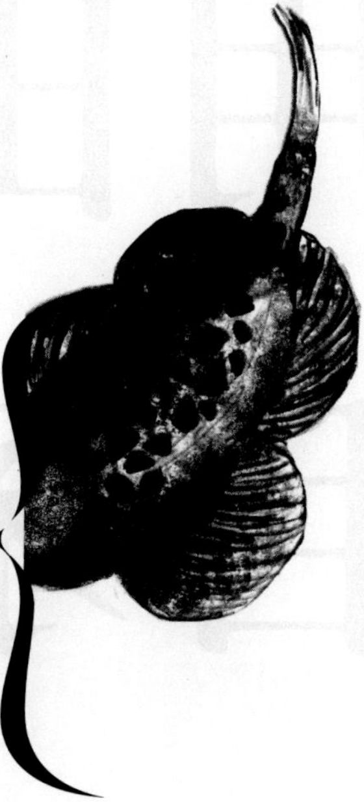

Sinogastromyzon puliensis / 簸箕魚

甘生用田

皮皿目矛

禾穴立

筆畫五

Rhincodon typus / 鯨鯊

玄玉瓜瓦

疋疒癶白

矢石示禸

五畫

玉

佛臥在我胸膛
冰涼的玉佩掛於地獄的火上
日的輪迴迴轉於世
人匍匐
佛止步

田品回

十一畫

球

皮都是會鬆的
氣也會消弱
來到人間，總有一天
無法動彈，和我
沒什麼不同

游書珣

十二畫

琴

千百年傳承的文人之音
歷經戰火而未曾斷絕
上古聖哲的精神
如今仍須通過你
魂兮歸來

張心柔

十四畫

瑰

愛是雙子葉植物。在四月，馥郁陽光的體味，瑰麗戀人。

姚時晴

十八畫

甕

一方金石
以神諭指點興衰
千百年來無止盡的輪迴
只因捺下印記
勝負便不再轉圜

龍彥儒

五畫

瓦

下雨了下雨了下雨了下雨了
停
雲彩　雲彩　雲彩
星星星星星星星星星星星星星星
貓

馮翊綱

五畫

甘

來是雙人小舟，去時
黯然一丹。猛然掉頭
回轉。隨波橫躺自甘
唉，不如沉入水裡
湮沒一切檔案

唐捐

五畫

生

每一條軌道都有定點來回的班車
每一雙眼睛都睜開日月星辰
即使夜裡有時風雨閃電
他們走得很遠，未曾留下腳印
他剛一觸地，卻已震動長串經卷

靈歌

生

滿出來了
渣滓
覆蓋每一個洞
順著平滑的惡臭
一路流向遠方

吳俞萱

理由似乎刻在硬幣的反面
正面刻了什麼，我看不懂
其實也不重要了
我找不到硬幣在哪裡了

鄭哲涵

雖有橋梁
我無能焉
雖有華服
我無能焉
著一身軟緞渡河赴死

傅凱羚

五畫

田

家裡那兩甲地
原本種稻米
後來種玉米
然後撒向日葵
已經沒有種很多年了

許赫

七畫

町まち

彼時，黃金悉數變回廢鐵
土壤融成沙漠。惟你謹記夢的算式
等量的蜜蜂換算等量的蜂蜜
惟你記得，門前大樹的氣根
像外星人羞怯牽動你的手

劉羽軒

八畫

町

島嶼中部通過作物維管束
往血管輸送夢境
每當黑色甦醒，我就必須前進
瞭解自己曾是此地住民
在播種與收割中間萌生恨意

張詩勤

九畫

界

肉塊被吐出
長成像我的人
吐出他的心
造一個人另一個人
排排站過去

吳俞萱

十一畫

時

作物有濕潤氣味
老平房中的神明廳正燃燒線香
是我的床。在一片黑暗中顫抖著腳
被拍打肩膀時不能回頭
祂們都緊貼著我

張詩勤

十三畫

畷

背景是毀滅性的黑
田間小路，若腳步踏岔
就跌入墨水溺斃
難以前進不能後退這場景
宛如睡熱不想離開的床

張詩勤

十六畫

疁

恐懼被田吞噬
卻實際是我吞噬
殘留的記憶：眷戀、繾綣與餘恨
燃燒的床與我相互擁抱
背對而逃

張詩勤

九畫

疤

這是失血留存的記憶
隨時在提醒
別忘曾經的
傷痛

向明

十畫

病

我的病
何妨就是我的藥
死亡是最慈悲的醫者
治癒生命於
一個和解的擁抱

阿布

疹

我心底對外求救的摩斯密碼
終於一點一滴地
被解毒了

蔡仁偉

疼

對某些人來說
冬天是一種病

徐珮芬

痔

心即寺，如如不動
何須時時勤拂拭？
就怕穿戴一襲粗糙沉重病服
壓壞了柔嫩的收口
欲放不能，不放緊緊

吳品瑜

痛

疾病的手指
撩撥神經如絃
將我彈奏成樂器，讓音色
足以匹配那讚頌神之恩典的
天使的唱詩班

阿布

痛

就這樣貼著牆走
盲目地走，彷彿可以通往任何地方
卻只是沿著甬道無聲祈禱
但願自己可以被確診為
任何一種病

曹惟純

痣

散落的星圖
神秘而玄妙
有象徵、有譬喻、有轉注、有假借
不可逆的宇宙暗示

王榆鈞

瘀

久長地……曾徒手搬運
記憶的重物：你是
我失手而壓疼的睡眠
偶爾輕揉局部
有傷，仍隱痛多年

波戈拉

痰

一位沉默的父親，於爭吵後
獨自到陽台吸菸
那些說不出的
都化為一聲咳嗽，一口時常搔癢
哽在夜裡的痰

阿布

十七畫

癌

角落裡
那些不被愛的
最後都成為了怪物
在長長的一生裡
啃食自己

阿布

十九畫

癡

林奕含，小說家，1991年生。2017年首部小說《房思琪的初戀樂園》呈現性、愛、權力、升學主義的複雜辯證；其中補教名師誘姦情節，引發輿論波瀾。持續苦於精神疾病，4月底自縊。

丁名慶

二十二畫

癮

癢越埋越深
洞也跟著越挖越深
黑暗裡胡亂搔到
還沒過癮
又陷了下去

郭彥麟

二十三畫

癰

某個不被注意的暗處
蓄積著膿
路過的紅血球匆匆瞥了一眼
白血球如野狗分食
曾經健康的血肉

阿布

癱

我的肉體
是我終生的監獄
但還有一扇窗戶可以打開
讓鳥飛出去
讓風進來

阿布

癲

如果你願意
揭開病的外衣
就會發現
底下藏著我等待閱讀的
一頁真心

阿布

五畫

白

來自黑暗的動物
只能被黑暗辨認
交媾也不能避免
自己被光天化日
洗得褪色

林夢媧

白說他其實不冷
白說他其實也懂浪漫對情人會送花
白說他其實和其他顏色都是朋友
白說他其實不認識白蝕白內障白癡
白說他其實不是叫做。白

黎漢傑

八畫

的

撿起白色木勺
我以柴火煮雪
白雪皚皚
你卻不斷出現在視野中
擾亂我的風景

煮雪的人

五畫

皿

大雨反覆沖積
時間微微凹陷
笑的時候不露牙齒
抿著內心
殘忍的盛放

陳育萱

盟

當提筆有漣漪
粼粼向深水，倒轉
墓石遍開藻花，沉舟
復為斗拱……王都
什麼輪廓，讓我悉數覺知

廖啟余

盞

平靜地啜一口清茶
試圖掩飾搜索枯腸的焦慮
彷彿在漣漪裡
那個闌珊燈火下搖曳的身影
隨著凝視　緩緩成形

龍彥儒

八畫

直

再沒有子為父隱父為子隱
那直，三横劃那一幢格子櫃，收藏
寬容的默示。切莫求諸
鄉民酸民網民。表態喧囂，無法
自止。公義是影子，長在強光背後

鄧小樺

九畫

相

在搖晃中構築的回憶小屋
當熱血化為追憶
我只求
在屋外靜靜看你歡笑
忍受溴化銀在指尖燒灼的餘溫

閻士麒

十畫

真

只在夜裡出門
只搭有屋頂的車
在每個失去陰影的岔路
為了顯得誠實
選擇較為曲折的一邊

林禹瑄

好像鬼魂好想鬼混
抹掉死線吞下一整條水圳
無法忍受塑膠般的字句
好像聽見假的蚊啼
好想只是我臉頰的問題

葉覓覓

眠

一顆小藥丸
換來一整夜入眠
過了一段時間
兩顆小藥丸
還是無法入眠

崔香蘭

眼

你這樣哭過
然後不再這樣哭
你像是茁壯了
吃水的噸位
足夠航行久久

侯馨婷

什麼也攔不住了
黑馬馱著月亮
甩落汗滴越過篝火
奔向搖鈴
逐漸消逝的遠方

廖梅璇

十七畫

瞰

齊柏林，空中俯瞰拍攝導演、攝影師，1964年生，2017年6月勘景途中墜機殉難。空拍工作20餘年來飛行時數超過1600小時、拍攝影像超過30萬幅。代表紀錄片作品《看見台灣》。

丁名慶

十九畫

矇

曾為了浮誇而吃
曾為了無限而樂
也為錢煮食
或為妳而宴
然若夢中歡快，醒來後就無法再續

波波大叔

五畫

矢

起點與終點就能決定你
你卻逍遙地遊走於各個維度的領域
至今沒有人看清
要在哪個黎曼流形擺放你

鄭旭峰

五畫

石

老先生指證歷歷：這些是齊家文化
的玉
這是魚、那是鳥、還有魚鳥雙體
魚有嘴、鳥有喙，魚有側線、鳥會飛
不是缺損破石，是上古樸素的圖畫
他的半生收藏、一生研究，沒有學
者相信

羅浩原

八畫

矽／硅

中國人說這是硅
與其心繫祖國 不如歸去
台灣人說這就是矽
有邊讀邊
安身就立命

簡靖航

砷

做為砒霜
砷是一個有些知名度的好演員
只是合作過的對象
都活不到頒獎的那一天

簡靖航

砲

轟炸的當下
身心破成碎片
事後卻可用來回味吹噓
個人、社會、國家
時不時就想再來一次

ㄎㄆ

十一畫

硫

置之不理的硫久了
也酸得令人發疼
當感情變質成為傷人的濃硫酸
冷卻的熱情
也能瞬間灼傷

簡靖航

十二畫

硯

跟一方端莊秀麗的眉子硯說　再見
跟七紫三羊、豹狼毫、鼠鬚筆說
再見
再見　藍中帶紫的松煙墨
蘭亭序、鴨頭丸、寒食帖　再見
去跟消磨我青春歲月的石頭說

黃智溶

硬

小時候，以為很容易
長大覺得好難
做人
就是這樣

丐乆

碗

胚胎容器。人間日常腹地
口齒彌留日久蒸騰遺言
冷或熱。漫流溢洩
像洞穴。混合著經書和器工預言
具母性的。可以包容歷史功過評注

許水富

硼

那種
無論什麼都要摻一咖的咖
不該當作朋友
但可以當硼砂
所以切記不可過量

簡靖航

磁

李季準，廣播與電視主持人。1943年生，2017年4月病逝。曾有「電台情人」美譽，嗓音低沉渾厚，富磁性魅力。代表作有廣播《感性時間》、《知性時間》與電視《蓬萊仙島》等節目。

丁名慶

十六畫

磚

用空氣做的一堵牆
砌在一對夫妻的枕頭之間
輕輕地敲它時
便傳來遙遠的鐘聲與愛之頌歌
全部隔著一層雨

徐國能

十七畫

磷

臨死之前
將所有的不捨和掛念
都化為磷火
照亮來時的路

簡靖航

九畫

祇

多年過去
想像讓記憶裡的人化為神祇
一橫眉颸風揚起，一瞬目暴雨落下
愛戀躍升為宗教
信仰於焉降生

林峰毅

十畫

神

阿布

神

（如同空白
祂並不存在
因此能無所不在）

阿布

一種食物。
從天降下，仍然在天。

eL

勤於製造幻想的生成
讓意義變成兩端的有機
對著彼此尖銳
就能把每一道時間的錯誤
建立小秘密的帝國

陳子雅

錢無夠就去呼人人人
大樓無夠粗就起起起
慈悲的電波共催催催
喂喂喂恁就小等一下
失神拍交落啊啦啦啦

鄭順聰

神

你的名字
借我
當作所有罪惡的名字

孫得欽

累了
何不跪下來
親吻我的腳趾
讓我哄你入睡

孫得欽

十三畫

禁

不准留長的
令人髮指
請恩准耳上1公分
留戀

侯馨婷

十三畫

萬

在上萬片拼圖裡面，颱風
偏偏選中我們，聚攏又瓦解
天晴不敢鬆懈，樂觀太需要練習
擁抱也是，萬那杜人和我島上的朋友
具相似的髮，渴望把故事拼湊起來

陳少

七畫

秀

歌廳西瓜冰涼
梅粉甜生津
彩色光球丟來丟去
好像這世界所有人
都擋不了的淚珠

侯馨婷

九畫

秋

秋天在不是秋天的時候來了

謎

滿山五節芒抽穗的聲音，風變胖了。

劉克襄

落葉頌：老婦耙起路旁
早晨剛靠站的星球。它們在
路的兩側選址——哪裡宜於
定居哪裡時光起伏睡眠
睡眠是普魯斯特的口袋

李桑珀

秘

季節前行
把青春垂掛
任風吹乾
冒汗的情緒
偷偷地把秘密覆蓋一行足印

米米

穎

在紙頁上留下有勁的痕跡
如匕首般銳利
筆尖試圖剝開粗糙表象的殼
挖出謬思的米
餵食精神

周子西

八畫

空

鳥，飛過——
天空
還在。

林煥彰

我在穴中像一株松
心在施工
聽見星空
含著一口蜜桃腔
沒有被手機控

葉覓覓

空

佛曰：不可說。不可，
說。不，可說。不可不
說。不可，不說。不說
，不可。不，不可說。
不可說：佛曰。

曾琮琇

窗

向右閃過眼瞼寸陰
停靠在左
對面的對面我看著我
錯開前輕輕　呵一朵雲

廖梅璇

十二畫

童

過美語補習班
聞孺子牙牙填音
「他們，本是屬於宇宙的呀。」
（天使的鞘翅餘光中撲飛）

吳懷晨

竹米糸
缶网羊
羽老而
耒耳聿
肉臣自
至臼

舌舛舟
艮色艸
虍虫血
行衣襾

十畫

笄

也罷——
這煩惱（這長長的
歲月）或者剪去或者任它披散
不再綰住它

陳育虹

十一畫

笨

我是笨蛋

崔香蘭

符

點燃的符　滅於水中
一碗煙燻口味
符下肚了
驚收走了

田品回

十二畫

答

念大學，為了找出投入社會的專業
用時間與學習來找尋內心的詢問
大家都說皮毛已經難得
應徵的時候，老闆問你可以做什麼？
答的本身佚失，是另外一門學問

陳英哲

等

站成一座寺廟
不為香火撩繞
只為那開頭的
笑

嘉勵・賈文卿

竹林下的小小寺廟
青燈古佛
是轉身之前
最漫長的那一步

吳修和

風來修竹疏影稀散
寺前一柱馨香煙走杳遠
遺忘了點燃時的那一熾念
見票即付的愛情諾言
逼得神明連出怒筊拖延

吳品瑜

從前善於失去或偶遇一支電話
一碗湯要與小火慢慢結交
一篇文章要在心底植根，久了
養出味道很厚的字。那時候的愛
習慣悄悄回眸，然後臉紅微笑

吾土

等

你是我的門口
而我是善於遲疑的門
內部進行著
永恆地問

波戈拉

筆

偶然一枝旗般地昂立著
半邊日光裡
兩隻眼翳起
小雀般的睫毛
而稍稍多領悟了些

崔舜華

弄丟了你留下的筆
像桌面消失一片竹林
像紙上擦破的洞
像也忘記了曾經握緊的手指
能完美交扣的形狀

蔡文騫

十五畫

箱

禁慾如哲學，自言自語的伊比鳩魯們
在月光方寸裡守寡。像夢境
最靠近極簡主義旁邊的入世者
維持移動式的親密愛人樣子
把心事和閃亮醃製。如小妾

許水富

箱

整理行李箱裡大兒子的衣服，
給即將出生的二兒子，發現，
大兒子六年的人生都在這裡了。
回頭一看自己的電腦，也發現，
我三十四年的人生都在這裡了。

林蔚昀

範

自由成為通途之後
人們愈來愈無法理解
為何存在一種固執
鐫了滿身的紋路
只為預言流傳亙古的典型

龍彥儒

十八畫

簫

容易學會的歌
易於擺渡的河
都只為了
讓你照見自己的清澈

靈歌

十九畫

簷

雨水的腳步在頭上輕輕踩著：
睡吧，睡吧
庭前的水滴在夢裡呼喚：
醒來，醒來

陳義芝

二十二畫

籠

鳥死了
籠子依舊存在
永遠有下一隻失去自由的鳥
會住進來

阿布

二十五畫

籬

連風都遮不住
連光，疏疏離離
那一排細竹子是我的眼睫遮住我
搖晃的世界

陳育虹

話說陶淵明和白居易的菊喲
蘇東坡對望的麻雀喲喝嘿
杜甫對飲的老翁在不在喲
爸爸離去的門口媽媽的望喲
家喲家喲

馮翊綱

六畫

米

你
再三地餓
一塊田
再三地痙癒

蕭詒徽

米

谷亮裹住日出，要落
未落的天亮
炼出锐利皎白的光
突破饥荒的因果

陈伟哲

粥

白色的牆壁、被褥和床單
祖母與沸騰的病痛同睡
熱度漸漸散失的身體
縮小，變回乾硬的米粒
我把它加進記憶粘稠的粥裡

可洛

十四畫

粿

就像孩子們紅潤的臉頰
柔軟細膩，但無論鹹甜
一口咬下
滿嘴黏稠的童年

周子西

十畫

紙

摺成飛行機了後
忘忒了自家身上
印上个廣告——最便宜个
青年屋家，貸款只要
三十來年

*客語／四縣腔

張英珉

紙

森林裡的遊魂開始歌唱
舞蹈、飲酒
虛構的章回和時間都消失了
當我們結束說謊。

劉哲廷

火星的航程得先睡上三天三夜
電影看過了，電動也玩過了
按下隨機播放，知性節目嗎？也罷
：「前身是竹，是樹，是熱帶雨林
別擔心，博物館還看得到上述標本」

陳少

紓

棉線穿過日子的縫隙
瑣碎的話語
像網狀的預言
指涉一則淡然的人事

林餘佐

紋

自你妊娠、負重數月的分娩
我也繼承了你的紋理
在額、在腹，深深淺淺
久了，日子也肆意地刻

洪順容

絆

谷口治郎，日本漫畫家，1947年生，2017年2月病逝。1971年出道，中後期作品如《遙遠的小鎮》等多著墨平凡日常裡的人間羈絆，餘韻醇厚。近年較為台灣所知作品為《孤獨的美食家》。

丁名慶

累

在田裡擦汗的毛巾不會知道
這一季是否是最後一次的收成
因為農人們除了忙著耕種
還得努力抗爭以避免
誰不在乎的一筆把田地劃成了工業區

吳修和

十二畫

絲

永遠都會
與自己站在同一邊
只是頭髮
變長了

陳柏伶

終

凜冬重複降臨
編織無數尖牙利爪
撕碎所有綠意
遺忘的裂痕遍地生長
洪荒就在明日

沈眠

網

站上中心發現自己立在邊陲顫顫
巍巍縮進角落發現自己籠著光圈聲嘶
力竭無人理會心內暗譙成為焦點
用虛偽的皮相展現真我的模樣
這裡不是世界。這裡就是人間

臥斧

綰

蕃氏孫闐然
線
命
生
吐月烏于柔

印卡

緣

每一杯冷泉
都有影子的重量
比陽光立體，比月光柔軟
他們說虛幻
你一飲而下，日夜發光

靈歌

線

無垠劃分平面的兩側
壁壘分明的針鋒相對
同一側卻定義了 180 度
人常說你怎麼有了 180 度的大轉變
可是我們始終站在同一邊不是嗎

鄭旭峰

縫

針在悲歡歲月
間隙中來回穿梭
縫一朵野百合在布面
拼貼一個
沒有破洞的童年

陳秀珍

崩裂的時候是縫
治癒的時候是縫
我們何嘗不是自己的解藥
與自己的凶手

蔡仁偉

我有憂歡交疊，穿梭如織
絲可是蠶鎮日的患慮？
溽夏心事壓如低風
怎生揪結如絲，錯盤如縷
愛過了還願再投身一次

羅毓嘉

以記憶為原料手縫出所謂認知的自我
以為這就是全部
然後透過這過於粗略的假縫針眼
觀看世界

陳惠婷

總

開始，是像絲綢那樣
令人愉快的……
一張蛛網般需要商榷的事

崔舜華

繕

寫一些字
在絲線上吧
一些不想忘記的——
重複又重複
是不是錯誤

陳育虹

繡

我可以照著樣子繡出一隻龍一隻鳳
一對喜字一幅山水。我可以照著樣子
不小心也刺出血來繡出一朵小紅花
我可以把悲歡離合也繡得多采多姿
我可以照著樣子。但就這樣了

零雨

二十一畫

纏

然後我們喪失功能
再也不能做任何事
會變成現在這樣，一定有什麼原因
（打一個死結，再打一個死結）

鄭哲涵

十七畫

罅

是一種沉默的滴落
他看著你的眼神
隔著無止境生長的牆
縫隙撞擊縫隙
深淵的儀式完成

沈眠

十畫

罟

當波賽頓的恩賜離去
經緯們以氤氳之姿
自無望的湛藍竄起
包圍捕捉
塵世間一顆顆寂寥的心靈

龍彥儒

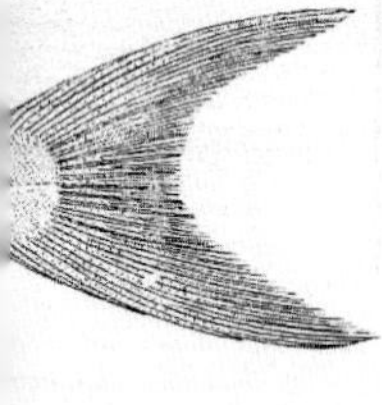

罩

單數日敵彈侵擾
整座島習慣夜不透光
被迷霧、山林、路柵禁閉

湘羽

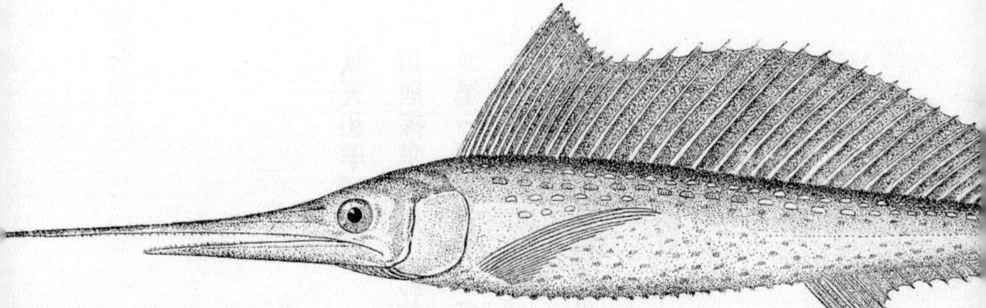

十三畫

義

汝欲其儀
我愛其羊
汝欲曰羨
我愛曰羹
各取所羲

向陽

秋天和羊頭和我
魚與熊掌與你美麗的肉
愛是一種儀式演了好久
兩人在床上工作
一被吹落，巫變成坐

唐捐

六畫

羽

彼此交疊
像祕密覆蓋祕密
繁複的羽翼
摺疊著風一樣的話語
——透明且細膩。

林餘佐

十七畫

翳

每當對黑暗絕望的時候
就向著光
透過死亡的陰影看出去
那些早已遺忘的色彩
又將再次回來

阿布

六畫

老

老需要避雷針？避開時間的閃電，
以免瞬間擊斃青春。

姚時晴

十一畫

聊

廟旁大榕樹是庄頭的心臟
我們聚集於此，聽聞庄頭脈搏聲——
歷史故事從老者口中開枝散葉
八卦濃縮在歐巴桑泡的那壺茶裡
一切都未完待續

周子西

聲

早晨，鑼大哭起來，飛跑
灑出尖叫，碎裂成陽光。
春天總是綠少年，用
嗓音的金屬拍打海面，奏出
星期一的喧天急板。

楊小濱

日光照射在髮根，劃破寂寥的灰
胸上打了木樁，直通地底
色彩與圖形的畫布躍然舞動
如奇幻之網交織，震貫一切虛無

任真慧

聲

髮的糾纏，骨的撞擊，
唇的廝磨，喉的嚶嚀，
啵的一聲，被刺穿的肉身
在雲中消逝的呻吟，沒有回音

楊渡

思想化作聲音，聲音寫入聲片
記載故事、傳說與發生過的事
它們以重量存在
各種檔案館，存活
唯有仰賴複製與溫度

彤雅立

當人們以聲子的形式理解振動
激昂的琴絃和蝴蝶拍翅
都能一一細數
但你得先讓世界冷靜幾個微秒
因為越真實的聲音就越容易碎

簡靖航

六畫

肉

生活溢出欲求
觸感豐滿彈厚
填塞空間的脂油
沉重地讓人落空

張容慈

肓

什麼死亡是由內而外，肉嗎？
昆蟲的頭顱轟炸土地裡的神經和血管
心臟下躲藏著我的未出世的胎兒
疼痛的刀已刺入橫隔膜
我交出我的肉，請留下我的骨

蘇紹連

肛

舔的時候真的是舒服
至極簡直貫穿靈魂讓
你不分種族國籍性別
年齡身分倫常地振奮
喔那是我朋友的故事

蘇匯宇

胎

分你，我的骸、我的血
一條交結的繩繫著啊
懷你
我小小的、
心愛的　骨肉

洪順容

背

考試靠背
背不住的話
就罰伏地挺身：
背下去！
背起來！

陳令洋

胖

我在你的房間裡
吃得太胖
所以離開的時候
要在門口減肥
才出得去

溶

腹

為重拾與自己戀情
我擬在嶄新的舊關係裡
重造一把日日隨身配戴的介錯刀

蔡琳森

十四畫

膏

雲是一塊不可吞食的肉
但它整日整夜懸掛在那裡，我整日
整夜望著它像是攤成一地的老狗影子
瘦骨，無眼神，無肥肉，無沃土
我思維糊狀，祈望陰雨救贖

蘇紹連

十五畫

膚

我在你的右肩
你在我的左肩
隔著一公分的距離
拇指旅行到遠方
肌膚的觸感已忘卻

王靖惇

十七畫

臉

就在
前面位置
當你貼著
我的嘴巴

陸穎魚

十八畫

臍

堅韌而美麗
快樂而自足
牽引世界兩端
送抵彼岸，交織此生

韮蒂

六畫

自

巨擘遠目
抽薪留白
沉吟終日
奉若圭臬
不聞其臭

向陽

端坐於鼻頭之上
雙眼之間
我是唯心論政客的神靈
隱藏在人生這部小說的第十八頁
離坦白還差那麼一線

吳岱穎

十四畫

臺

吉來也！吉來也！
快把好運迎到檯上
信眾們嫌麻煩
決定找口箱子
一開始就牟利

嘉勵・賈文卿

十一畫

舂

異鄉人久違的鳴聲
此刻來的舂，少了些甚麼
透蒸的淨白糯米不斷滾動
交搗在無人呼吸的
寂寞木舂裡，沉睡

章家祥

舊

舊事不宜重提舊地切莫重訪舊書漸漸
腐壞舊屋逐漸傾塌舊夢依舊未曾實現
那麼請面朝新世界輕輕踏浪疾走向它

彤雅立

把所有的設備用縮小燈照著
設定時間來計算
每年縮小一定的比例
直到一件件小到不堪使用
再摺進沉入水底的貨櫃之中

許銘軒

十四畫

舔

「就像冰淇淋一樣」
這類的鬼話，最受歡迎了

ㄎㄆ

十四畫

舞

我想聽見時間的聲音，
想聽見顫抖後的喘息，
聽見汗水滑落的身體，
見那不可言說的秘密。

楊景翔

你我反覆踩痛彼此的腳
凌亂的默契
厭煩的社交
不知情的圍觀者
都以為我們玩得很開心

蔡仁偉

瀲灩：深海的搖曳
不讓魚群學甩水袖——
暴風潑出的波浪更高
一搖身就化成妖精，
旋起無限虹霓……

楊小濱

六畫

舟

我等著誰來刻
他求的不是我

徐珮芬

你是逗號句號破折號冒號引號
在文言的山水畫裏——
你要進京趕考做買賣，或只是消散
身心，停歇桃花渚邊。新的浪潮一波
一波來臨你愈走愈遠，終致亡命江湖

零雨

色部：色
艸部：花、苦、苗、茶、荒、菸、葉、蒸、蔗、薩、藍、藝、藥

六畫

色

我生命中最好的時光
青春的密碼，絲綢般光滑的肌膚，
只有妳知道。當妳不再記憶，
我就已經死去。

楊渡

八畫

花

你看見花的時候花存在，你看不見
花的時候，花還存在嗎
（或者它是更加燦爛了？）
花在薄涼的風中，認真猜測著
今天的日落時間

林婉瑜

花

老家被拆掉的那天
我站著看怪手作業
他們沒看到廚房外的院子有多美嗎？
門後盡是小花
我想回家

崔香蘭

四季輪迴的神蹟
為邪惡盛開為雨季
斑駁為年代甜蜜
為結束而不離開

林夢媧

九畫

苦

快！
把嘴閉上！
再怎麼皺眉
都是
古時候的事

嘉勵・賈文卿

茁

這是你的名字　一山畫下一山
草在上面漂浮晃動　直直的長出
穿過泥巴走出土地走出房間
我讀著山背後的青苔　濕濕的反光
你永遠都眷顧在草的海上

*小兒單名

馬尼尼為

茶

冷是冷了
但沸也沸過
要是當時多燒一會
現在就是雲了

蕭詒徽

一儕人，戴著
一頂草帽仔
張開手，像一著遮仔
遮住冒著香氣个
新芽

*客語/四縣腔

張英珉

荒

沒有神，沒有生
沒有死
風中只有一個人
指認出荒地指認
自己沒有人聽

林夢媧

菸

一幢幢的白煙
炊起一縷縷的早晨
城牒上戍守的
莫不是汗與淚水
交織的生活

迦納三味

葉

在主動被丟棄與被動撿起之間
有人優雅坦蕩
有人馥郁馨香

蔡琳森

美麗的靜脈中流淌大自然的秘密
或許關於顏色與年歲
也代替天神說出整座森林的故事
然而於掉落之際，亦悄悄預告
一場憑弔的到來

周子西

家鄉的某一棵樹煩惱
能否讓世界更好直到
他的不美卻讓世界得以美
黃斑的葉片是泥土的糧
枯瘦的骨枝是煮飯的柴

楊瀅靜

十四畫

蒸

食材若夠新鮮
何須調味
靜靜等待沸點
等待擦拭昇華後　滴落鍋底的
那些眼淚

江舟航

十五畫

蔗

你綠了一方旱田
白了一段窄鐵軌
在鍋爐中重生，伴隨裊裊白煙
燻香了那片藍天
甜膩了嘉南平原

周子西

十八畫

薩

謝謝你的大腿，即使公車不跑義大利
我們也愛披薩，今晚在 Sopo 家搭帳篷
黑色石龍子爬向我的背包
以為會有臺灣小吃，我多麼懷念
薩摩亞人笑起來很像菩薩

陳少

藍

寬廣的事物譬如海
會不會因為自己的寬廣　而感到寂寞
海的心臟　也是淺藍
海的眼淚　也是淺藍
只有海的寂寞　是底棲性的深藍色

林婉瑜

在那代代相傳的缸裡浸泡
布料染上刻苦的顏色
留白的部分就像妳未曾說出口的
默默以美麗的形式
綻放在誰的眼前

周子西

十九畫

藝

草覺得很熱
於是雲脫下雨做的帽子
從底部把它高高抬起
它們在雙手和眼睛之間遊戲
碰出哭與笑的顆粒

葉覓覓

二十一畫

藥

我們遙遠的想念
都被檢驗出
不含阿斯匹靈

溶

八畫

虎

虎皮、虎骨、虎鞭堆積成山之後
就不再虎虎生風
也不能狐假虎威了
跟十二生肖永別
我要舒服的平躺在客廳地板上

黃智溶

六畫

虫

我願是那隻蚯蚓，讓
稻田　溪流　森林　島嶼
呼吸
長長久久

夏曼・藍波安

虹

有些人曾相信那是緞帶
更早之前，他們說，是橋
締結天與地，神與人，愛與被愛
美麗是相連的圓滿，美是至高點
通過七種奇異的可能

潘家欣

媽媽牽著她的少女，過橋。探望年輕時的外婆。

姚時晴

蛋

脆弱的時候
誰來敲門
我都願意把自己打開

蔡仁偉

蛊

为情而生，为情而死，你的真名叫惑
无人可以逃过的幻灭，因身体内部的
虫群而煎熬。谁没有过类似的毒誓
然而真正的报应，却来自内心
来自每一个你曾经生死相许的女子。

野夫

蚵

這裡的女人長年坐著
剝殼
其實自己也像這樣
外表堅毅
內心柔軟

洪肇聲

蛤

摸蜆仔兼洗褲
阿嬤說，摸蛤也是這樣
六輕開發以後
蛤就長不大了
後來，就只有洗褲而已

洪肇聲

蜂

六腳金黃色爵士條紋樂隊
搖擺撞破夏日
稠密的雨滴
記憶暈迷，微酸
有草香，且藍

潘家欣

蛹

勇氣 有頭無尾了已經
蟲化 當嬰兒長成叛逆
在你振翅高飛後只是個
空殼
也好過一起乾乾的死去

嘉勵・賈文卿

蜜

傾城的花孵化水
吞嚥之後湧出的更甜
情慾在唇齒間纏結分泌
依年分，釀出風之結晶
釀就戀人一批一批的死期

潘家欣

蜘

只有這樣是不完整的
就像只有頭
八顆眼睛
都看向同一方

洪肇聲

蝠

暗中有我，完全黑暗的心
可以張開雙翼可以收起
我喜歡回到一切
還沒有被分類的那種狀態
那種珍惜孤寂的聲音

凌性傑

蝸

你形容的蝸牛，有海的特質
退縮的時候有雌雄同體的狡黠
激進時又會同類相食

騷夏

蝸

用柔軟的腹肉
抵抗牆的堅硬

騷夏

無殼濕滑的爬行
像是男性的羞恥
總是有人不吝嗇對自己殘忍地灑鹽
無法寬容蛞蝓　是另一種生物

騷夏

凝視妳的殼
我掉進自己的漩渦
凝視妳的漩渦
我掉了自己的殼

騷夏

這位是女總統、這位是男妓
這位是男護士、這位是女駕駛
而我　是一隻——
藏在包心菜深處咀嚼菜葉的蝸牛
卻常被叫女詩人

騷夏

蝶

在缺乏花朵的城市中
時常停泊在禮物上
等待妳纖細如蜘足的手將其支解
獻祭它短暫的生命旅程
護送那太容易揭穿的心動

吳修和

從草原誕生，自夢中消逝
你屏息天空的翅膀
輕輕舞動，是微醺的風
襲人的春日，與我並肩相依
酣眠如前世，每一朵花開的聲音

曾湘綾

十六畫

螢

閃爍的燈照亮靜謐的老樹
受邀出席宴會的
細數在黑夜裡追逐的小太陽
不須張弓，只用凝視

韮蒂

十八畫

蟬

我是不是
一隻無法訴苦的蟬
而被誤認為
跑出廚房的一隻蟑螂

張繼琳

蠹

自深深的遠古　悠悠游來
詩人見了著惱　又
不忍那優雅身軀　湮沒於世
遂放之行之　即便書卷缺殘
靈感的閃身從未停歇

張心柔

蠶

蠕動米白願望，一盒
再一盒，短暫的願望
實現在放學後的晚餐
破繭，高飛
是我，童年願望

章家祥

十畫

衽

因為衣著
他們被隔絕在文明的鴻溝外
卻不料依稀聽見
文明　正以同樣的方式
被他們審度著

龍彥儒

十一畫

袋

把你的衣服裝好
請人代為招魂
其實身體也不過是個袋
是記憶與愛的容器

楊瀅靜

十二畫

裂

我打開長期棄置的倉庫
聽到牆壁說：
來吧，請進入我
膨脹的胴體，我只要
一次清脆的裂痕

黎漢傑

十四畫

裸

你想要自己
是好的
但你不好

潘柏霖

更不好的是
你就站在這裡
但沒人看到

潘柏霖

可是誠實很難
大喊「我很不好」
這件事情
比男人
要變回少年還難

潘柏霖

裸

你在等
有人不用你說
就知道你

潘柏霖

你在等
有人知道你
而沒逃跑

潘柏霖

見角言

豆豕豸

赤走足

車辛辰

見角言

豆豕豸

赤走足

車辛辰

見角言谷

豆豕豸貝

赤走足身

車辛辰辵

邑酉釆里

十六畫

親

我也以為是
一種動作但不是
說情感，又不完全
親，假若我哪天這樣叫了
我們的寶貝能不能就包郵

洪崇德

海的月色融進海裡
海融進浪和浪間
浪撩撩裙襬皎潔
上岸
每點一步便盛一朵花

大浪

二十五畫

觀

他說他在臺上時聽見有人在觀眾席哭，
他擤鼻涕想著臺上的人根本不在那裡。

楊景翔

七畫

角

隨著時間推演
兩條射線相形漸遠
一個量度的數字決定了我們之間的
差異
改變不了自同一個頂點出發的過去

鄭旭峰

十三畫

解

千古芳跡難尋
存在與否也是個謎
芸芸眾生期待著你用各種姿態現形
往往人生難解緣分難求
絕多數人沒有一瞥你的運氣

鄭旭峰

你好，我是持牌推銷員……
不用了，再見。你好，
我是……真的不用了，
再見。你好，我只是
按你說，再見然後繼續再見

黎漢傑

二十畫

觸

豹子和乳頭在夜間撓戲
貓爪和舌尖在互相試探
海水已經滿潮接近天堂
妳的心啊，快來跟我飄蕩

楊渡

十三畫

話

言之舌悠然擺動如樂音
抵達不可見的遠方
言之舌疾然伸吐如箭簇
刺向最柔軟的地方
愛戀與傷害原來是同一句話

廖宏霖

話

總背對一切，說話
蘊藏的矛與盾
珠子，又能成小宇宙
閉嘴
星星和月亮的光輝

張懿

擘開的餅
有光

誄

當硃砂尚未研磨
楓丹露白的星際港，螢飛
的星圖，已預感訣別
之後，考據乃唯一的事功
「我記得，我不寬恕。」

廖啟余

詩

言志，佛前喃喃合十發願
卻是倒進自己耳裡的垃圾
腦袋尋思分類回收或不可回收
再造回魂的是意料之外的得
焚化爐裡燃盡妄想也不必然是失

吳品瑜

詩

每當造酒，木工
漸忘的釘痕與經句
押韻，我確信無涉拯救
那時我無有冠冕。
那時我無須復活。

廖啟余

說

還在想的，來不及說
已經進行到下一個話題
過期的話不能說了
吞回肚裡，總是這樣
在夢中腹瀉不已

游書珣

読よん

你要誠實注視自己的身體
如同曝曬作物；曝曬自己的心如同
注視匿跡的雜質。你要誠實地哭
誠實地受傷，誠實地切斷橋
誠實地說這是新的：我沒見過。

劉羽軒

十五畫

誰

好像消失了，找了很久
翻開字典，有個地方
被割出一個方形的洞
透過它看出去
你正經過

游書珣

調

音色色音音色音色色音色
色音音色音音色色音
音色色音音色音
色音　音色
　音

任真慧

譜

將心的銘文鑿刻在鏡上
映照一海的幽邃
他日，陌生的霧色籠罩時
有人能以無聲的語言
拼湊古今

任真慧

二十畫

譯

mask　它是我的另一面嘴唇
brassiere　我醒著時候的象徵
lampshade　我常感覺是裸著的
oxygen mask　如同語言的溫床
earmuffs　大部分的寒暖從這裏生
　長出來

李桑珀

二十一畫

謎

他撐起一把巨大的口罩
躲避黑雲滔滔的口沫
在人生的曠野
遭遇雨群的襲擊
還是需要雷電的棒喝

楊瀅靜

十一畫

豚

風機呶呶噪響，挖土機落海鬼魂尖叫
解剖化膿的聽覺——點鈔聲遮蔽
五千赫茲的夢囈、刺網裡疼痛的傳說
海廢了海聾了。除非以 pH8.0 的心為
介質，讓粉紅色的光透進島嶼的耳膜

陳昱文

十六畫

貓

有時候貓就是那些日子
柔軟的勾住
你不喜歡的模樣
想找的時候
卻找不到了

溶

圈成圓形的尾巴
任性地月蝕
一上午的夢
都有了毛邊

陳育萱

沙發上，往核心靠
趾頭偶而探出一些線索
輕碰幾處空無；偶而
跑到枕上，踩亮了
沉睡的重

吾土

貓

貓頭鳥追鳥頭貓
鳥頭貓咬貓頭鳥
*客語／四縣腔

張英珉

財

撿起沙灘的貝殼，想用海
丈量一座強壯的山脈
可能埋藏著玉，或石虎躡過的獸徑
我們共鳴的方式
比錢還富有

陳少

賤

誰會知道
當初一枚純白的貝殼
不停交換的結果
會在最後換來一堆戰爭

陳昭淵

賦

登高能賦，可謂大夫
世界模仿理型，藝術模仿人生
於是我們有了作品，詩和宇宙
鋪陳了整座世界的夢

祁立峰

賦

當憂慮是惦記
又艙頂吹著善忘的風，
是誰憂慮……我鋪寫
六觸髣髴管籥
歷盡萬有，當自證虛空

廖啟余

賴

想賴妳
卻擔心已讀不回
想賴著妳
卻擔心妳只看手機

楊景翔

十七畫

賺

讓我們假設錢是固定多的
人是理性的
那為什麼在市場上的紅綠燈中
川流不息的交易卻認為自己能得利
矛盾　故得證

許銘軒

所以
眼睛消失了
心與肝消失了
只有原始人知道
貝殼是人生的兼任

嘉勵・賈文卿

九畫

趴

趴趴走　來去趴體
為了提高人氣趴數
比我搶眼的就打趴
警察來了　趕快趴下
警察哥哥哀怨地說：今天換我趴好
不好

ㄎㄆ

十五畫

踩

你應該練習快樂
努力為了
我們、我們、我們
秉有的缺陷
上路

王離

二十畫

躁

天空燃成永晝
九顆太陽一同昇起
我是天體的中心
以多巴胺加速
旋轉旋轉　為神居住的恆星

郭彥麟

十三畫

躲

樹旁側身
消逝其實是為了引人注目
期待被尋找的孩子逆向操作
就怕當鬼的人蒙著眼
無法好好地從一數到一百

吳修和

車

外公的輕便車
載香蕉走過農業時代
走過他們的黃昏
未與我的黎明
接軌

陳秀珍

看不見地上的人
只看得見天上月光
地上的銀河
是否有一顆星
已讀　我

木焱

挨擠中兩張臉
焦躁或慍怒
為了他們會雙雙走出下一站
她只有舊情人簡訊要讀
微笑遂蹊蹺了起來

廖梅璇

十四畫

輕

所有的花朵　滿山的樹
舉世撩亂的落葉
全都升起來　半空中
無數種關於山野的記憶
被時間吹散

沈眠

迷

你千萬不要到這裡來
這裡有一些迷人的東西：光環，永恆
伊甸，極樂，天使，菩薩。都是他
和他的團隊所設計的，而且是
過度設計，足以使你忘卻人世

零雨

走得很遠
幾乎又回到了原點
「不知道怎麼會在這裡，
但真的不想回去。」

蔣昀修

十一畫

逐

每棟高樓都是一本書
風穿梭騎樓來回閱讀
找尋平坦寬闊的地方入住

張容慈

十三畫

道

雁不劃過一致的空氣
魚不穿越同一滴水
頭與腳步相加等於路
兩者俱無了，不一定
失去

吾土

遊

關住乾柴烈火
關注夕陽時分
家只缺少那個久違的人
他像雲從煙囪溜走
曾進入另一個囪再溜走

楊瀅靜

遺

它曾是誰貴重的東西
牠曾是誰走失的寵物
他曾是誰無緣的情人
都曾經留下過名字
又被另一個新的名字所取代

楊瀅靜

邊

你原是兩個個體之間的緣
感傷的是
只有當你消失那天
兩個個體才再度彼此相逢互相相連

鄭旭峰

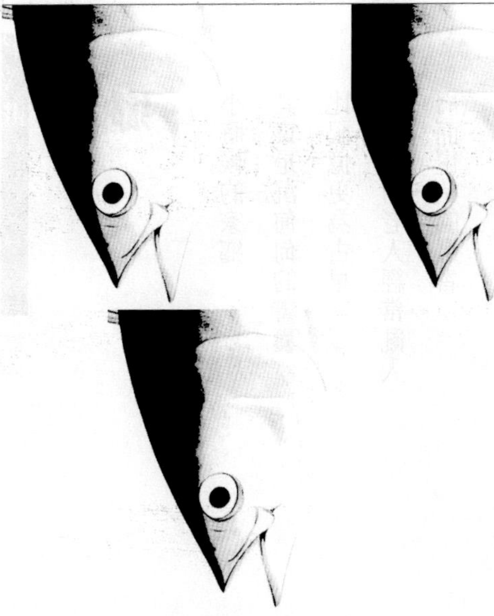

九畫

郊

任大霧滿出雙眼。
在岔路投石
問路；在心上生火
煮不沸一鍋水
而黃昏很快就來了。

林餘佐

十二畫

鄉

小時候的家鄉
其實是沉甸甸的書囊
比記憶更為古早
磅米芳的老人經常亂入
周而復始的爆香

迦納三味

十畫

酒

水的黃昏時刻。琥珀的等待
將日子完整濃縮於傍晚五至七點之間
每日每日來自酉時的襄助，在西方
設下限時橫門，只為讓酉卒們
再次洒脫地成為夜的逃兵

曹惟純

十四畫

酸

不過是想念最初的擁抱
一場雨
壞了整片海洋
一滴眼淚
弄酸了我的心

陳昭淵

醉

銀河傾斜　倒出路燈
銀河傾斜　晨間的麥粒經陽光抖落
銀河傾斜　官員的酒杯賊一樣閃動
又有一中學生
失足，回到無損之地

李桑珀

醋

身體某處
一碰你
另一處
就皺了

蕭詒徽

十六畫

醒

星星自眼裡滑落
杯底餵魚
微醉
撈起的渡過一天
沉溺的渡過一生

嘉勵・賈文卿

十八畫

醬

一群老朋友
聚在一起流血

那味道
特別下飯

蕭詒徽

二十四畫

釀

盛裝打扮，投入一場舞會
眾息凝屏，沒有踏出一步
最美的一支，舞
悄悄完成。卸妝
空氣似，安靜走出

吾土

十一畫

野

不把線剪斷
我們交纏
在最緊的地方
打死結
輕輕笑出聲來

吳俞萱

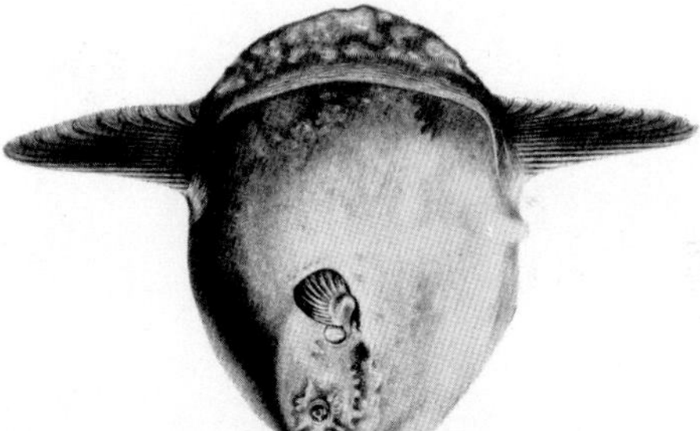

金長門阜
隶隹雨青
非

金

從前我是人們信用的準繩
或是各種誓言的根基
現在我是人們躲避用的市場
唯一不變的是我自言自語的
沉默是金

許銘軒

二十一世紀的耶穌
在金價下跌的時候
買進餅跟魚
好在金價上漲的時候
分散窮人們的風險

簡靖航

權與利間　一雙雙銳利、貪婪的眼
注視著耀眼的金色光芒
利益、金錢　如鴉片般
引領著心機盡出的謀略者
走向敗亡

陳証元

燒這最後一疊
是欲共你提醒
等閃靈規團攏過去矣
悉阿嬤來去看個演唱會

熊一蘋

*共：給
規：整個
矣：了
𤆬：帶

針

愛情偏旁。像啄
謙遜而具啟示性的鋒芒
在生慾本能敲響佛洛伊德
軸心剛好在零點一的吸吮和穿透
彷若是圖騰記號的初吻

許水富

鈔

以前唸ㄔㄠˋ，現在唸ㄔㄠ
以前用力，現在無力
流金少年不復存在
不富仍存在的中年
哦鈔

嘉勵・賈文卿

鈉

每個醫生都會這麼建議
老了以後減少一點鈉的攝取
因為年輕的滋味
總讓人一不小心就超標

簡靖航

鈣

在有語言以前
人類就用鈣來記載歷史
蓋成房子的是把骨頭燒成灰
蓋成家的是歡笑與淚

簡靖航

都不關我們的事了
所有東西都被我們
永遠地留在那裏
缺少鈣質
所以斷裂了

溶

十三畫

鈷

瓷器上的鈷料
歷經從巴比倫到中國的路途迢迢
一路上的陰晴不定
成就了幾世紀的
天青煙雨

簡靖航

鉀

我用鉀肥
餵養每一朵花
卻也用假話
餵養我每一段愛情

簡靖航

鉛

做為人類的第一個朋友
卻也欺騙人類最久
而最可靠的只有鉛筆
原因卻是
它不含鉛

簡靖航・

銀

萬惡
銀為首
百善
笑為先

丂夂

一開始西班牙國王想用墨西哥的白銀
跟中國換回瓷器和茶
但後來大臣偷偷對他說
還是換成槍砲與彈藥
比較實際些

簡靖航

銘

察識自我之被蝕穿
是水銀行走鑄鐵
製造傷口繁複
即智慧，高處之光滴點
我拿一生承受。

廖啟余

銦

日本從中國進口了銦
中國又從日本買回銦的商品
因為銦的關係
原本是世仇的這兩國
現在學著當姻親

簡靖航

銅

以青銅為名的時代
人們在銅身上刻下故事
在和平的慶典高舉著我
在戰爭時也高舉著我

簡靖航

有了黃銅以後
麥哲倫就可以駕駛不會生鏽的帆船
吹著黃銅的小號角
越過一整個太平洋

簡靖航

經歷回收再次轉生爲銅
是手機訊號的旅遊
為日常生活所用
不斷輪迴
終與世人同在

簡靖航

鋁

這世界上
會被所有人關心的問題並不多
暖化　能源危機　糧食短缺
都比不過
到底鋁箔紙該用哪一面

簡靖航

鋰

雖是質量最輕的金屬
卻能寄存最多的電子
或許因為記得越久
理由也就無足輕重了

簡靖航

鋅

人們用鋅白擦去畫裡的錯誤
但心裡犯下的錯誤
也只能用心去彌補

簡靖航

鋤

落
滑　著
線　饒
弧　豐
著　出
順　讓　匕　角　切

印卡

銳

輕觸金茫銳角，痛
倒沒沉睡，再清醒不過
來把銼刀，再來張砂紙
這次，不用循序漸進
磨，給他磨掉，氣人銳角

章家祥

錢

紙上飛躍不停的數目
用著加減乘除日以繼夜地跑著
在地表畫出一個跑贏太陽的光
讓人成為夸父
普照大地

許銘軒

讓我們蒙起人們的眼睛
套上韁繩　駕著
給他們美麗的虛擬實境
然後奮力奔跑
再感嘆我們有四隻　他們的腳

許銘軒

鎳和銀常用來造幣
反正和錢有關的事
要嘛造鎳
不然就是賣銀

簡靖航

錞

睥睨地敧著肩
無視瘖啞千年的酷刑
斑斑銅綠　也阻塞不了
毛孔間蒸散出
響徹金戈鐵馬的前世之夢

龍彥儒

錳

改變的時候
總是需要一點
像錳一樣的催化劑
那也是一種
猛烈的決心

簡靖航

錯

他們說這是一個最壞的時代
可是他們都錯了
最壞的是
在最壞的時代
作個好人

曾琮琇

鍵

金屬鍵是一群最自由的電子
一起站出來並看見彼此
在同一個契合的頻率之下
反抗一切外來的強光

簡靖航

鍵

離子鍵付出自己所多餘的
奉獻給對方所不足的
是在週期表上遠距離的兩人
彼此思念的方式

簡靖航

鑽石擁有最強的共價鍵
那該是一種最對等
最互信的連結
因此只注意標價的戀人
不會懂得它的寓言

簡靖航

鎂

一閃即逝過後
人們才會發現
燃燒殆盡後的鎂

簡靖航

錘

沉灰的透早 出門
鎮日與筐簍為伍
於鰭鱗飄腥間
調控平衡桿的價與質

湘羽

鍋

不懂　為何這樣待我
千錘百鍊的　鍛造
持續折磨　用火
我不會更加堅強　如推銷員說的那樣
只會燒焦

AnnieRuo

鎚

日以繼夜　揮舞你一身的汗水
無視疲勞和疾病的威脅
工地裡有太多釘子像打地鼠的遊戲
被錢追著跑的你
鎚的越多分數越高

吳修和

鎖

緘默手語的黑暗雷鳴
讓狂熱還原沉默
讓刑期蜷伏著謎題暗語
強勢中可以穿越孤獨。神秘。荒謬
是控制權僅有的濃縮力量

許水富

鎳

鎳是窮人的銀幣
但含有微量的毒性讓人過敏
終究人們會放棄使用鎳幣
因為造鎳的價格
終於讓人負擔不起

簡靖航

鎘

爸爸留給我一間
稻田裡的電鍍廠
並說它養活了好幾個家
因此每年稻田裡的新米
我都小心翼翼地嘗

簡靖航

鎵

鎵一放在手心就會融化
因為心裡的苦
只能放著等回家

簡靖航

十九畫

鏡

你是我忠誠的牧羊犬
在白日驅趕羊群
在黑夜裡殺死他們（留下
羔羊——
好讓羔羊長大後崇拜殺人魔

劉哲廷

二十畫

鐘

在塔上有一只鐘
已經幾百年了
聽說跟時間有關
只是不知道怎麼看了

許赫

鐘

出發
回到起點
再出發
有些什麼
卡住了齒輪……

陳育虹

452

二十一畫

鐳

鐳曾是一位母親的光芒
單位叫做居禮
半衰期卻比她的一生還長
因此我們記憶中的她
總是最初的模樣

簡靖航

鐵

當人們熔煉出了鐵
歷史開啟了新的一頁
火車來了
飛機來了
戰爭也來了

簡靖航

八畫

長

就是越變越長。
身體變長，手腳變長，
經驗智慧，嘆息煩惱，
都變長。
但剩下的時間，不會變長。

林蔚昀

八畫

門

猶豫的步伐踏進熟悉卻空蕩的家
牆上還記著當年的身高
眷村的曾經繁華湧上
閉上眼，請你把門帶上
讓我靜一下

崔香蘭

十畫

閃

任祢開出多麼誘人或永恆的許諾
都無法換取我那些
輕如毫毛
璀璨如早晨第一顆露珠的
小祕密

柯嘉智

用咖啡熬一些夜
讓夢越來越淡
專心祈求靈光能像閃電
落在兩棟大樓之間
成功把你的愛人點著

陳昭淵

開

過期前的罐頭
用鐵鏽味與世界重修舊好

蔡琳森

十五畫

閌

門裡門外都是孤身單影如此才好
面對自己，此生摯友，此世死敵
門裡門外都是輕裝獨行如此才好
一個眨眼，便蹿進跨出濁世風景

臥斧

十九畫

關

無人看顧的棚屋
無心逗留的謎語
不回答任何問題

蔡琳森

十二畫

階

在電梯發明以前
天空是屬於神的
住在雲端的人不會知道
自己的祖先也爬過樓梯
大樓崩毀時他們也會墜入凡間

陳昭淵

陽

側耳聽露水的腳步
漸次密集
聚會在綠脈上
嚙咬著
昨日的葉子

何景窗

陽

當哨聲響起的時候
他還在原地無動於衷
不　聆聽
有什麼在翻滾接近
從光年

樂莫

隙

在光與影的縫隙之間穿梭
剎那是光中的你，剎那是影中的我
光中的你亦是我，影中的我亦是你
黑暗中，我們盲人摸象

林峰毅

十二畫

雅

從蘆葦出發正巧對準眼
再由眼睛出發梳順了頭髮
髮長或短與風同向
正巧給鳥一雙翅
正巧逗你笑

大浪

十六畫

雕

雕刻不存在
因為存在
模擬希望
汪汪汪
彷彿那裡有什麼

侯馨婷

十九畫

離

整個天下放眼
最準確的預言
無論曾經，有多麼牽絆
都只能指著舊事接受
愛恨的無法回頭

楚影

沉舟之際　我想告訴你
轉身　不能解決問題
但碎片　成了分靈體
一切　仍會持續進行

AnnieRuo

八畫

雨

雨，是天空餽贈給人們的話
滔滔不絕的傾訴而下，有幾場雨
憤慨而大聲是演說式的，另幾場雨
溫柔而輕是說服式的，不想聽的人
都撐起美麗的花傘遮住耳朵

林婉瑜

雨是滴答滴答的下
誰把雨帶進電影裡
一路漫漶至
片尾結束
那愛是沒有聲響

木焱

雨

億萬顆星星被擊落
像是眼睛看中的花蕊
昏倒在地面
反射一片水紋

何景窗

雪

飲下池水
永生的我遭眾人遺忘
正如雪如何遺忘雨
如何遺忘
草之未來

煮雪的人

宛如多年前的那場論戰
風中飄散的柳絮與岩鹽
凝結，溶解，蒸散，或昇華
宛如日常的三態
一切都是大自然

祁立峰

十二畫

雲

雲分裂成一朵一朵、一國一國的；
一國一國旅行的人，
回家後分裂成一朵一朵，異香的。
遠方就在隔壁，翻過世界就到了。

李進文

零

起初你不被接受
因為人們不想接受不存在的存在
緣起緣滅這樣的感慨
怎麼描寫情感歸零如果你不在
於是你帶領人們從具體走向抽象地帶

鄭旭峰

倘若世界將回歸原點
要如何證明　它的存在
飢荒惡疾　天崩地裂
或是畫上
一個圓圈

陳証元

電

只要兩顆電子相愛
就能引發超導體般的奇蹟

簡靖航

威士比加雨夜花
太平洋加霧一場
這熱愛熬夜的島
不斷加進新奇飲法

侯馨婷

十四畫

需

儘管看緊你的錢包如同禁慾
經過所有有著訊息的鏡子
照出你心中不會擁有
卻自以為真實的
渴望

許銘軒

十九畫

霧

話中有話
夢中有夢
以為是一盞燈的
會不會是一隻鹿

李時雍

二十一畫

露

雨瘦風肥，拍遍欄干，
一個人，等待
人生路過，也不好過，
鬱鬱寡歡的幾個字，鬼叫了整夜。
一個人，雨靜風停。

李進文

二十四畫

靈

突襲而至的豐沛水氣
使低頭咀嚼的三口牲畜
抬頭，迷濛望天
伴在後頭的炸雷如同巫術
輕易忘卻上一秒的飢腸轆轆

鄉岸

靈

一欣橄欖油

五百舍克勒沒藥

二百五舍克勒肉桂

二百五舍克勒菖蒲

五百舍克勒桂皮

eL

靜

吸

呼

王靖惇

沒有聲音。／那按讚，那更新
聲音在我們心裡／那提醒，那直播
訊息流無盡迴音壁／那分享，那回覆
把自己讀成他人／那私訊，那表情
把他人認作自己／那表態，那標籤

鄧小樺

八畫

非

每一個企圖都無法企及
每一個親吻都還在親近
每一天都是全新的一天
每一個字都不願被命名

吾土

十五畫

靠

你說舞告雖
出門踩到狗屎堆
我說非也非也
靠著電線桿
磨磨蹭蹭別靠北

洗飽荒

Thunnus obesus

大目鮪

筆畫九

面革韋韭
音頁風飛
食首香

九畫

面

愛情動作劇情驚悚喜劇
遊戲聊天搜尋音樂社群
三度空間投形於你攫走人心
陷人分不清真真假假的兩面刃
顯現人生僅是現實與虛無的一體兩面

鄭旭峰

二十三畫

靨

夢裡　幻化似虛
夢外　變遷成謎
在我的生命中
緊緊跟隨　不離不棄
成影

樂莫

十五畫

鞋

一個人踩著
另一個人的腳印
踩到影子
後來都變老了

陸穎魚

九畫

音

海也是一盞燈。
宇宙升起的時刻，
曙光無限。從這裡
浮出，就在這裡照亮。

楊小濱

九畫

頁

邊邊角角，註的最後那組阿拉伯數字
對得上了，也就平安無事
整個世代卻狂嘯：紙本退位
翻不了頁把一句話接完
沒想到，翻書人指已無力，紙也無用

陳英哲

二十五畫

顱

出生的時候很重
工作的時候很重
如果生病了那也很重
唯獨死亡能讓空氣進入
使它輕勝一支羽毛

陳育萱

九畫

飛

從她正染血的脖子誕生，
世界最美麗的飛馬珀伽索斯，
巨大白色飛翼閃著金光。
那就是梅杜莎對黑髮的波塞冬，
心底最純真不變的思念。

席時斌

那麼，只要把風打結
就能掛在足蹄上
欣賞踏過的礁岩與浪花
以及著火的雲邊
隱隱有奶球

陳子雅

飛

天空已經沒有位置
蜜蜂低頭採集棄食與殘羹
蝴蝶與莊子被趕到夢的邊緣
城市支離破碎的上空
WiFi 拍翼如蟬鳴

可洛

餓

人類喜歡窮盡心力追尋永恆的「愛」
但世上沒有這種東西
我們的空虛無處彌補
只好把自己從尾到頭吞吃止飢
像是貪食蛇那樣

陳惠婷

農夫在種子前
我在妳前彎腰
農夫種出了菜
我發現了花
我們很快又餓了

曾翎龍

九畫

香

春天，微涼的身體有青竹的水氣，
夏日，飽滿的骨盆像陽光下的稻子，
秋夜，抱著妳像溫泉泡月光，
冬晨，妳的臂彎有嬰兒的乳香。

楊渡

馬骨

高彭

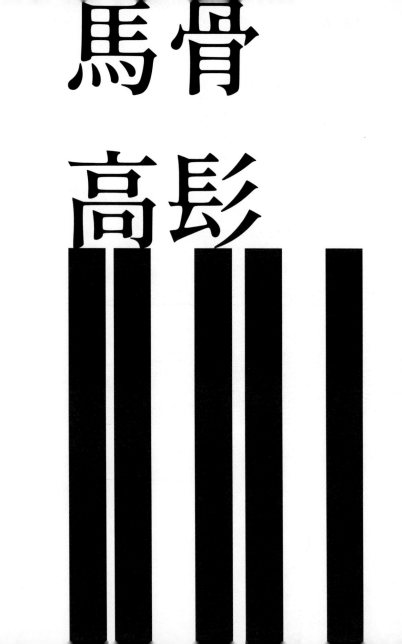

筆畫十

鬥

除哥鬼

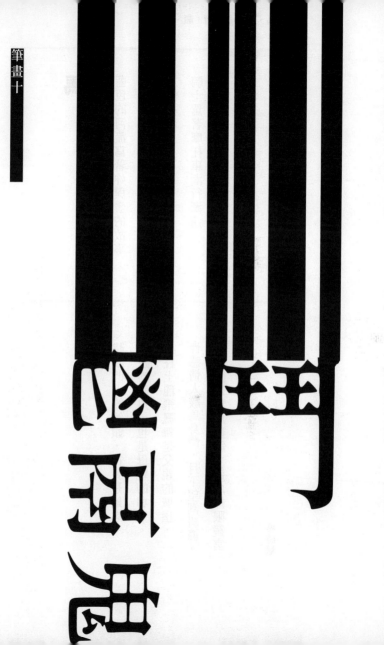

馬

藍色的河流寫著妳與雲的故事
草原上寂寞的暮色
為妳披起長長哀歌
騎士駕著摩托車漸行漸遠
妳在夕陽中回首頓成美的紀念

徐國能

時間門上的鎖頭，符號是鑰匙；
尖銳的鹿角，也是母親的剪刀。
梁柱上龍飛鳳舞是父親的城堡，
性感情人駿馬身體，月下望潮糾纏。
破門後是片片菱鏡，連成無限鏡宮

席時斌

十四畫

駅えき

拚命奔跑其實是在後退
只要說出話就會醒來
春天間歇的暴雨，最好是
安靜的淋，黝暗最好是發亮
照片最好是透明；你最好是不在。

劉羽軒

二十畫

騮

石南根菸斗緩緩吐出
一圈星河。雪中一杯溫酒
不是追悼什麼——
一種朝心跳奔馳的寂靜——
異域綻放的，苦綠色的睡眠

陳昱文

騷

傳說有所信仰的詩
都從這裡開始
文字最深的沉澱
順著脈絡，我看見
白駒奔往永遠

楚影

密密麻麻
窸窸窣窣
獸足
瘀退不去的咬
齒所步過的

吳懷晨

二十三畫

驚

那年收過驚以後
驚就一直在了
一直停在皮膚表面
特別貪戀線香，彷彿糧食
不吃不餓，一吃就停不下來

張詩勤

驚來了以後荒地
變擠了，但更荒
彷彿還要感謝它如今
讓風物變得如此柔軟
俗世的輪廓與硬被打開

張詩勤

驚

收容驚以後
他們才反而嚇著了
摸黑或抹黑也想明白
咒語沒有不外傳
不現代的道路不要走歪

張詩勤

驚來了我走了
驚留下來我只好回來
一路都是白米標記閃閃發光
貼身衣物是我的替身
我是上一個我的替身

張詩勤

誰也沒有察覺交換
驚不給收，我被驚收
睡在手中來來去去成為身外之物
醒也野了滿地亂跑
這熱鬧，被魘著也快樂

張詩勤

十五畫

髮

千絲萬縷流瀑
我愛人　愛我的人
鮮美可口地
疊在一起

紫鵑

二十九畫

鬱

慾望在森林深處熄滅
樹失去行走與說話能力
燻黑的葉子紛紛墜落
一片片　如黑夜急促的腳步
趕在日落之前

郭彥麟

十畫

鬼

臥軌之後
一只南瓜雕塑成骷髏
在十月逃離哀嚎的人間

多麼慶幸

紫鵑

去予痟藥仔害甲虛肭肭
四箍圍仔鼻會著的驚惶
按怎食攏食袂飽的廣告
網路頂頭的風聲有影是
假鬼會轉來我無輪迴了

鄭順聰

魂

傳說窗外曾灑滿祥雲
在他出生之時，也有人駁斥
其實當天霧黑有雨，而如今
他是魂，前輩子有影
更前一世只是雲

楊瀅靜

十五畫

魅

惡鬼不是落伍的自欺
毋須尋尋覓覓
在每個狂熱而失焦的眼眸
它們依舊張狂地
伺機而動

龍彥儒

十七畫

魈

森林之子，家山的精灵，
如所有被污名化的赤子。在故乡
被驱逐，被提防，只能隐身于暗夜
云雾一般来去。没有谁相信
你只是渴望亲爱，那些可悲的人。

野夫

魔

我去電影公司揣頭路
頭家嫌恁爸無夠恐怖
濺血、剁肉、吼破天
不如七溶八溶溶溶去
特效0101010100000

鄭順聰

魚鳥　　鹵

鹿

麥麻

十一畫

魚

屬於大海的星星
玻璃缸是她的墓

陸穎魚

億萬年間以無窮流線究極身形
或許當初，我們不該選擇留下
據說上岸其中一支的後代，現在
自稱為人。而那幾乎於一瞬間發生的
再後來的事，就讓洋流的死寂來回答

蔡宛璇

終止於想像的盡頭
沉默，是一番無力的拉扯
比告解更耐人尋味
掀開思念的海床
我的拓印與你同在

迦納三味

二十三畫

鱗

我願是那片海洋的鱗片
隨著海流
清洗流向南極的垃圾
隨著暗流
吸納通往島嶼的輻色

夏曼・藍波安

鱻

長壽的方法：
隨時都要保持三條魚的鮮度。
拒絕城府很深的肉。
養一隻住在鼻子裡的犬。
避免被臭虫食用。

葉覓覓

一家五口吃魚的方法爸爸愛吃魚頭
媽媽愛吃肚子剩下的渣子留給兒子
魚骨給煎魚的兒媳婦吃貓吃剩的魚骨
不演老戲二桃殺三士
這是孝感動天的戲

管管

十一畫

鳥

於是我學會樹木的語言
於是我有了雙翼
於是我的孤獨能自由的
飛

劉哲廷

十六畫

鴨

是一隻鴨子
飛入雁群
增加了
雁群下墜的重量

張繼琳

鶚

博物館控制光線透射食繭：
橄欖樹葉、滲毒鼠骨、雅典娜的美
動物學者的假髮、除草機的罪
電影城以合法捕獸夾之姿，捻熄天色
展示鼓動的翅羽穿戴霞輝與星光

陳昱文

鴿

在電纜，在環型廣場
或鋪陳自己羽翼
或羅織每一片天空
唯自戀者知曉風為何物——
重力與自由的雙棲動物

蔡琳森

十九畫

鵬

再加一個大字
又有點心虛了
今後只在你面前
展開雙翼佔據整個天空

ㄎㄆ

二十一畫

鶴

除了想像我已經無所憑靠
當乾淨成為了一種奢求
霧霾占滿靈魂
我帶著淚水以及絕望
朝向永恆繼續飛翔

凌性傑

鷂

我將心事描寫在青竹上
搭成十字的模樣
背著蹟伏般的薄紙
任由流雲盡情地揮灑墨跡
等待風起

迦納三味

鷙

翅膀即是霸權
自由已經是白色的了
將宇宙開花
在隱隱微光深處有神
是飛翔的密語

陳子雅

二十四畫

鹽

一方脫水
另一方膨脹 這個現象
有時發生於醃漬
有時發生於擁抱

蕭詒徽

海洋（或眼淚）退卻的時候
溼透之人才明白純白的真理
必須自乾旱中崛起
無光不成鹽，萬千沉澱的重鹹
封存在山脈之中，星辰粒粒

潘家欣

鹿

草原中的草原，我追逐
未知的時光。希望全世界忘了我
我忘了我，什麼都沒有的我
回頭就是牽掛，那可能
就是我感到痛苦的原因

凌性傑

不唱歌的時候　也喜歡低頭喝水
不跳舞的時候　也貪看枝頭的小鳥
銀色的月光下　森林女神張滿了弓
如果遇上了英俊的獵人　也願意
奉獻純潔的一顆心

張心柔

麤

頭上刀多只會刺樹
夠笨的
鹿茸給人割去當補品笨
生出來就是角誰敢補！
這是馬善被人騎人善被人欺嘛

管管

黃黍

筆畫十二

黑黹

十二畫

黑

太陽已沉
星星
也關掉
留下一片薄幕
不為什麼的四周

何景窗

懼怕的人
把我們趕進意識的牢
自由僅僅是五行大的坪數
心底的顏色
正如別人眼中的我

陳少

十五畫

墨

在硯台上不斷徘徊踱步
揣摩著什麼？
幾句不及迴向給摯愛的經文
或者，只是想念那嚴厲又慈祥的氣味
挺直背脊，試圖填滿回憶中的背影

閻士麒

十六畫

默

是一條隧道
聯接另一條隧道

游善鈞

默

黑夜一點名
黑羊、黑馬、黑烏鴉紛紛喊：「有！」
黑犬一張嘴
以為自己也咳出了喉間，那一聲
比夜還黑的雷

林世仁

山林間的黑狗
每天練習加深自己
更黑更像一隻狗沿著
冬天的氣味回到夢裡
對母狗裸露愛情

林夢媧

嘴唇上下字卡發聲每秒十八格速不再
復返摩登時代過去那一場場默劇於是
就此停格

彤雅立

十七畫

點

教科書裡說你不占任何體積
只代表一個位置
確實每個回憶都占據心中某處
但是點點滴滴卻占滿了整顆心

鄭旭峰

黴

沒有任何養分、你胸膛
的惡地裡啊精神
附生在彼，我深植——
感傷的孢子
心的菌絲

波戈拉

筆畫十五

齒

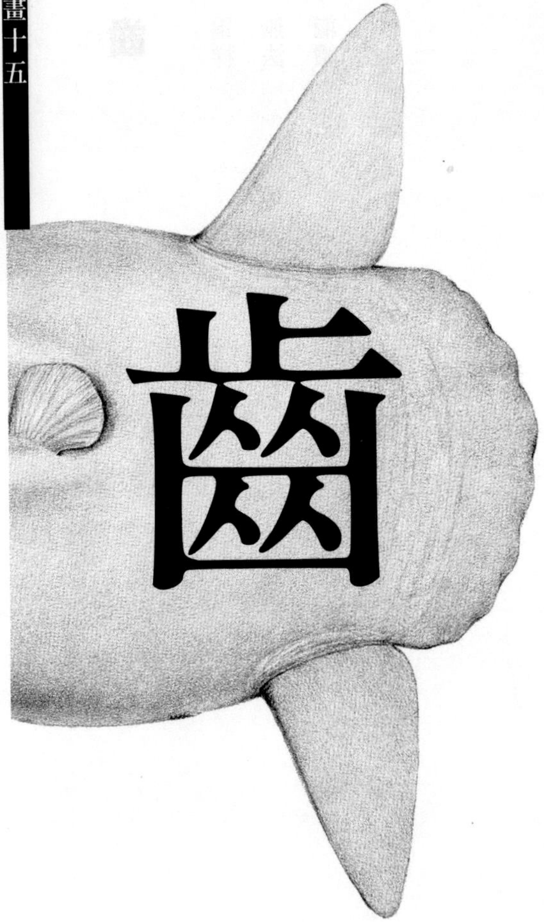

齒

電梯
無法
繼續
往上

陳柏伶

龍龜

龜

我的專長是緩慢
吐納時間的消息
偶爾探出頭來偶爾縮頭
將每一個瞬間都想成是
地老或者天荒

凌性傑

筆畫十七

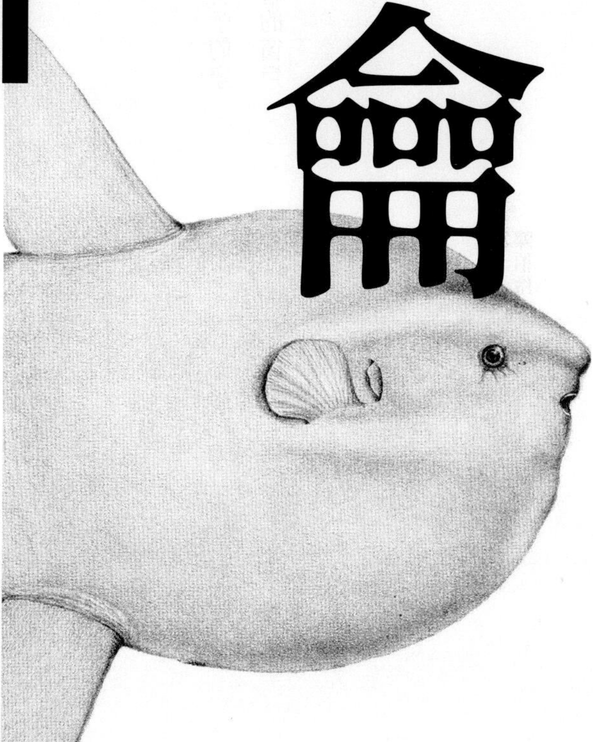

十七畫

龠

這是三口智子的家
大智和小智的窗戶
在同一樓
那神智呢？
不清楚喔～

陳柏伶

六十四畫

𪚥

一個傳奇　是掌聲
兩個傳奇　是耳語
三個傳奇　是笑話
四個傳奇　只能被五千字民
石柱成遙遠的國之南疆

林世仁

六畫

众

沉默的多數
若是開了口則會生出老虎
如果是心照不宣的三角習題
略擠　一場交替孤單的接力賽
無以聊賴

吳修和

車窗奮力碾過，緊貼鐵道的老房子
隔窗看見起居逼仄，客廳即工廠的日子
轉眼一方方農田休耕，道路電塔糾紛
空地廢五金斑斕，青草銳意生長
我只竊竊向你指認，一縷燒稻草的煙景

羅浩原

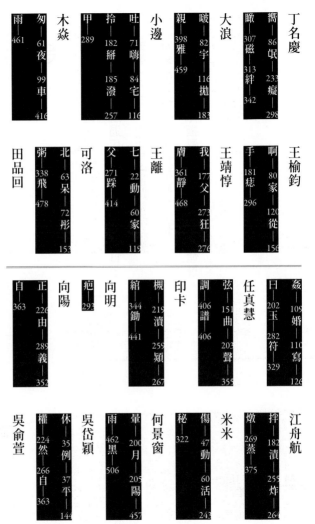

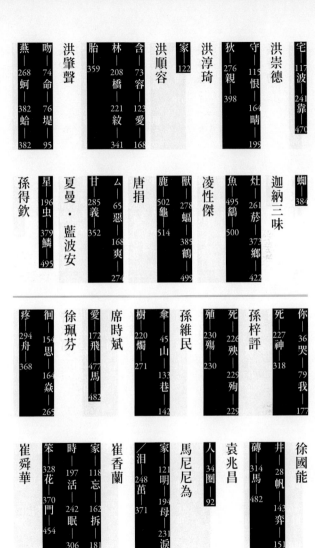

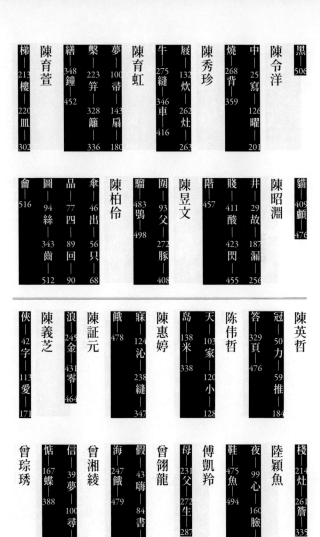

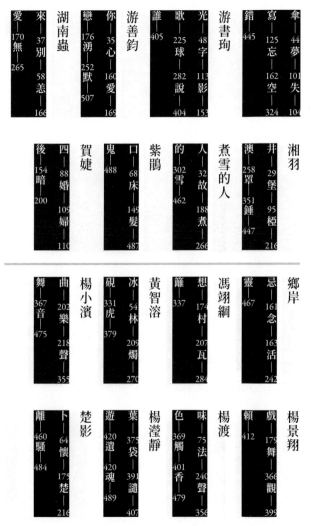

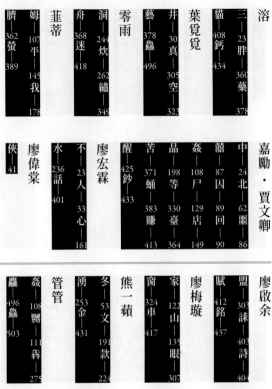

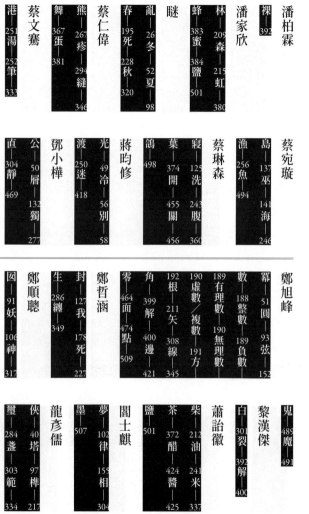

為了穿越時光巨河

與夏夏談《沉舟記——消逝的字典》編纂緣起

《幼獅文藝》2017年3月專訪

一、

問：這次由您所策畫的「沉舟記——消逝的字典」編撰計畫，將邀請諸多詩人、作家，以詩句銘記這個世界消逝的事物。我們所身處的當代，愈來愈輕易的創造新事物，但令人憂慮的亦是，相對於創造的迅即，是消逝和遺忘。能否先請夏夏談談這次計畫的緣起，何以警覺到「消逝」，什麼物事將消逝。

答：作為文字的高度使用者，更多時候需要面對單獨的文字，而非大量複合的文字群。在專一的凝視中，我總會幻想從無到有的造字過程，許或是一個碰撞的瞬間，或是一段相遇的漫長歷程，而後再經歷一次又一次的拆解、重組、使用，甚至加添個人記憶的調和，最後演化成今日之姿。每一次的使用，都是創造，也是消逝。

但無論經歷多少次的蛻變，文字始終保有最初的特質，提醒我們遙遠的過去，也可能是我們最終將前去的恆久未來。

例如我手中握的筆，記錄了在未有「筆」已先，原始文明開創者撿取竹枝或木棍，開始了最初的紀錄。當書寫完成，那枝筆也就隨手扔進野地裡，回歸自然樣貌。

然而即便那個拋擲過去已久，我們仍能想像這樣的畫面，因為「筆」的字形即標示了這段身世。又或者更多從木、從草、從水與火的字，描繪著取之自然，還之自然的生活型態，亦符合我們在這星球上累世累代開發，最終領悟出的存續之道。於是，每一個字都「封裝」著豐富的資訊，像解鎖的鑰匙，能開啟一段歷史。

由此看來，記錄並非消失，而是改變樣貌來回應每個時代的需求。因此，這段紀錄的歷程並非要抗拒「消逝」，而是希望藉由大量採集的模式，篩選出始終存在的物事，並有感知地體會轉變的過程。

二、

問：作為記錄的詩，或文字，是不是另一種即將消逝的事物呢，透過字典的編撰，是不是另一種意義的留下。作為編撰者，夏夏怎麼想像詩的記載，而在今日影像主導的日常世界裡，詩是什麼、文字的意義是什麼。

答：這次的出版計畫，是字典，也是詩集，更是行動。刻意挑選詩來構成字典的內容，是為了要超越文字的表面意義，穿越線性敘述，直接抵達價值的核心，標誌出每一個字在當代使用下情感的流向。

特別是在即時通訊軟體盛行的今日，溝通方式朝向更直接、簡短，溝通對象可以同時達到數千數萬，每一個人都可以是資訊散播源，而訊息擴散與消逝的週期相對縮短許多。然而也因為網路的便利，讓各類資訊以墓碑式的存在停留更長時間，「消逝」本身已經消逝了。

也許我們正在經歷一段大量溝通（誤讀）的時代，朝向無法確認的對象投射訊息，快速繁衍個人/公眾意見。詩，在經歷了閱讀群眾的忽視，或者自身追求的疏離後，以更加輕巧、功能齊備、具攜帶性的樣態呈現。如果要比喻的話，大概就像瑞士小刀一般。而詩人在這片過度開鑿的荒地上，熟稔地操作瑞士小刀，滿足生存所需所求。

詩也是容量更大的封裝技術。為了穿越時光巨河，為了要確保再次被撿拾時，仍能具有大部分的功能，我們將所要述說的一切壓縮成詩句，並期望未來再次被解讀時保有詮釋空間。

三、

問：這次的計畫，分作幾個階段，第一個階段邀請作家詩人，接下來將向大眾讀者邀請。對目前徵集的詩文，談談您閱讀的感受。

答：這次的邀稿朝向年齡層更廣泛的作者群，希望能藉此捕捉到橫跨半世紀的寬幅，將每個人都視作全體的分身，是同一個時空中不同年齡、身分、性別（或跨性別）的代表性座標。

也因為每位作者皆依照自身喜好選擇所要撰寫的字，因此當選項不約而同聚集在某一處，或者總是不落在某一處時，亦能夠成為具參考價值的樣本。而每位作者按照各自的角度捕捉字的形貌，交會出的圖像以及折射出的色彩，總是超乎預期的豐沛。

除此之外，沉舟記也向各專業領域邀稿，希望能透過「字典」形式的聚集，讓詩出走到更邊界，走進更多核心，反映出更多人的生存實境。

其中，簡靖航與鄭旭峰兩位作者原本並沒有寫詩的習慣，但為響應這次的計畫，分別就物理與數學領域出發，踏出詩的足跡。還記得幾次和簡靖航碰面，他總是興奮地分享物理上的「發現」，那份發現是為著書寫而開始的深掘，探究出某些根源，甚至是發現原來那些根源與其他領域的碰觸。而在他們穿越的路途上，為詩的罕見之地播灑種子，亦透過他們的引渡，一改我過去對這兩個門類偏見。

四、

問：沉舟記，其實也暗示了諾亞的方舟。對您而言，這艘維繫文字物種的方舟，將會帶給讀者、未來讀者，什麼樣關於我們這個世代的記憶呢。

答：舟，乘載豐富的意象，一直讓我著迷。還記得第一次在電影院看荷索的電影「陸上行舟」，將百噸重的輪船拉上岸拖行甚至是翻山越嶺的癡愚行徑令我詫異不已。有時回想起那一幕，仍會懷疑自己的記憶是否將夢境與真實混淆？

在道教儀式中的「王船祭」，以火作為送往冥界的助力，同時有淨化的作用，藉此將瘟疫驅離，更象徵兩個世界的聯繫。

西方聖經中記載挪亞造方舟，載著成對走獸、飛禽，逃避洪水滅絕。當方舟航行於汪洋中，暴雨不斷，終至陸地淹沒，此時除去船上動物，唯一沒有被殃及的是海裡的游魚。

沒想到海中的魚類雖逃過創世的天譴，在急速的全球化發展之下，恐怕再過幾年後就會消逝。不禁令人揣想，在不久的將來，空蕩蕩的海洋會是什麼光景？

「如果說整個地球就是方舟，而所謂的末日還沒有結束或是尚未真正來臨，在地球之外那一片黑暗宇宙其實是永不退的洪水。幾億年過去了，我們還在方舟上。

這裡面有一切讓我們能活下去的東西，水、陽光、動物、植物、能源，還有看不見的空氣……」（註）於是希望能提供退一步的想像，一切的繼起與消逝尚且在過程中，雖然不打算且也無力去反抗，但至少能記錄下來。

在這次出版計畫中，我們還試著延展紙上記錄的精神，伸出指尖探詢其他描繪的型態。因此邀約藝術家陳哲偉以集體創作、影像等素材，挖掘集體意識中隱藏的記憶，甚至是群體生活中刻意製造的消逝，化作展演作品「時光之舟」，提供觀者另一種涉入模式。

沉舟，亦包含破釜沉舟之意。因著這樣的紀錄，保留了往與復的可能性。因為記下了回來的路線，我們能放心地往前走。

註：摘錄自長篇小說「末日前的啤酒」（聯合文學）

時光之舟

文／陳哲偉

《時光之舟》為《沉舟記——消逝的字典》平行延展的影像計畫，同時是自身創作——養神院計畫的第四件作品。儘管脈絡不同，卻與詩集中探討消逝之文字、物件、記憶與情感形成了無可迴避的共鳴，因而可以在文字之外，提供不同的視角與另一種涉入模式；而透過這個影像計畫，我試圖重新尋回潛匿的記憶，甚至是集體刻意製造的消逝與遺忘。

回溯瘋狂史，愚人船在中世紀成為瘋癲的隱喻，潛藏著社會劃分、驅逐與淨化的意涵；精神錯亂者只能被迫搭上無法脫逃的船，暗自漂流於汪洋之中。愚人船的寓言穿行世界，而如今舟雖然消失了，取而代之的是精神病院，以監禁隔離替代放逐遺棄。然而，在這西方思潮與他者文化的想像下，以及台灣去機構化與社區照顧的聲浪後，我們如何重新看待精神醫療機制？排拒的結構是否以更幽微的方式持續存於社會之中？因此我以船為喻，開始了《時光之舟》的計畫，並且邀請位於花蓮的臺北榮民總醫院玉里分院的精神病友們一同參與。選擇此處是因為這裡收容的病友，大多被其他醫院所放棄治療、不為家庭與社會接納，於是乎數以千計的慢性精神病友寄身於花東縱谷之間，始終孤立於地理與社會的邊緣。

《時光之舟》依序發展為三個篇章：〈成舟〉：邀請病友們繪製記憶中的船舶，被認定為失去常態的心靈是如愚人船般茫茫漂流於大海中，或者這是艘得以安身立命、自我救贖的方舟？我期望透過作畫的過程，病友們可以投射出內心深層、從中感受自我的存在並勾勒主觀經驗的世界。〈乘舟〉：拍攝玉里鎮上願意接納精神病友工作之店家，藉以探討社會上拒絕與其共處、同住與工作雇用等現象，並討論涉及當中的汙名與暴力。〈沉舟〉：記錄病友回望生命經驗的旁白，生產出不同於歷史的話語權，重新尋回沉沒之個人記憶、敘事與影像，映現潛藏的創傷與時代的壓抑，而影像中連綿不絕的個人精神世界，是獨白或對話，也是連綿意識或如夢語言，更如同他們自身所書寫的生命詩歌。

事實上，如今對於這群病友們而言，他鄉早已成為故鄉，一個個逐漸蒼老的異鄉人在此相聚相依、共同承受生存的重量；或許失去的種種早已無法回返，然而家卻始終是他們深切的盼望，期待乘著時光之舟，可以讓他們跨越幻想與現實、夢境與清醒，言說當中的遺失和缺憾，並且得以重新認識並記憶這個世界。

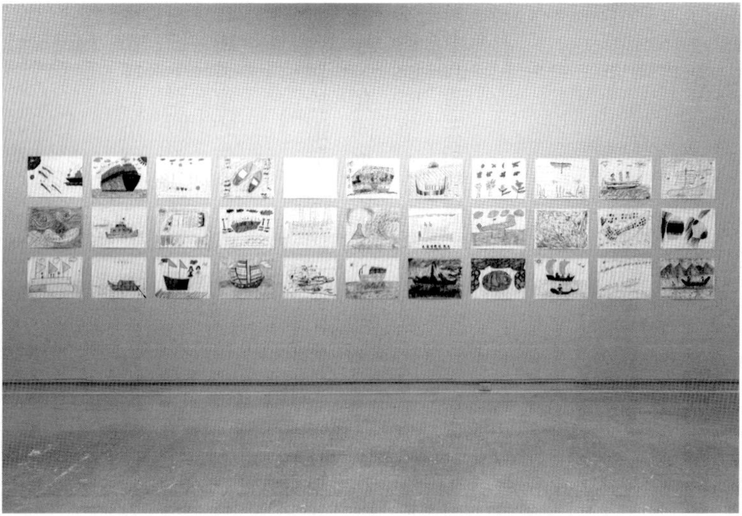

我在這裡已經二十幾年了

沉舟記 南方家園出版 Homeward Publishing
書系 文創者／HC028

主編｜夏夏
魚種提供｜黃梓倫
責任編輯｜蕭詒徽、洪于雯
企劃編輯｜張羽甄、鄭又瑜
裝幀設計｜朱疋
發行人｜劉子華
出版者｜南方家園文化事業有限公司 NANFAN CHIAYUAN CO. LTD

南方家園文化事業有限公司 NANFAN CHIAYUAN CO. LTD
地址台北市松山區八德路三段 12 巷 66 弄 22 號

電話 （02）25705215~6
24 小時傳真服務 （02）25705217
畫撥帳號 50009398／戶名 南方家園文化事業有限公司
讀者服務信箱 E-mail nanfan.chiayuan@gmail.com

總經銷 聯合發行股份有限公司
電話 (02)29178022
傳真 (02)29156275

印刷 約書亞創藝有限公司 joshua19750610@gmail.com
初版一刷 2017 年 10 月
定價 420 元
ISBN 978-986-94938-4-0

贊助單位：台北市政府文化局

國家圖書館出版品預行編目 (CIP) 資料

沉舟記 / 夏夏主編 . -- 初版 . -- 臺北市 : 南方家園文化 ,
2017.10 544 面； 12.8×17 公分 . --（文創者 ; HC028）
ISBN 978-986-94938-4-0（平裝） 851.486 106015694